Norman Maclean

DER RANGER, DER KOCH UND EIN LOCH IM HIMMEL

Norman Maclean

DER RANGER, DER KOCH UND EIN LOCH IM HIMMEL

Stories

Aus dem Amerikanischen
von Bernd Samland

Wolfgang Krüger Verlag

Diese Stories erschienen in der amerikanischen Originalausgabe
von 1976 unter dem Titel
A River Runs Through It and Other Stories
bei der University of Chicago Press
Licensed by The University of Chicago Press,
Chicago, Illinois, U.S.A.

Umschlaggestaltung: Buchholz/Hinsch/Hensinger
Satz: Fotosatz Froitzheim, Bonn
Druck und Bindung: Friedrich Pustet, Regensburg
Printed in Germany 1993
ISBN 3-8105-1239-7

INHALT

Forstdienst 1919:
Der Ranger, der Koch
und ein Loch im Himmel
(USFS 1919: The Ranger, the Cook,
and a Hole in the Sky)
7

Die Holzfäller,
der Zuhälter und »Dein Kumpel Jim«
(Logging and Pimping and »Your Pal, Jim«)
155

Beiwort
(Acknowledgments)
185

FORSTDIENST 1919: DER RANGER, DER KOCH UND EIN LOCH IM HIMMEL

Und dann denkt er, er kennt
Die Berge, wo sein Leben erstand...
Matthew Arnold,
»The Buried Life«

Ich war jung, und ich hielt mich für hart, und ich wußte, es war schön, und ich war ein bißchen verrückt, hatte es aber noch nicht gemerkt. Die Ranger-Station war in allen Himmelsrichtungen von mehr Bergen umgeben, als ich jemals wieder sehen sollte – wahre Meere von Bergen; und in der Station lag ich in diesem Augenblick beim Kartenspiel vorn, denn ich spielte Cribbage mit dem Ranger des Elk-Summit-Distrikts im Selway Forest des *United States Forest Service* (USFS), und dieser Forstdienst der Vereinigten Staaten war sogar noch jünger als ich, wies aber viele der gleichen Eigenschaften auf wie ich.

Es war Mitte August 1919, also war ich siebzehn, und der Forstdienst war erst vierzehn, da ich aus den mehreren möglichen Geburtstagen des Forstdienstes das Jahr 1905 wähle, als die Forstabteilung des Innenministeriums dem Landwirtschaftsministerium zugeschlagen wurde und den Namen Forstdienst der Vereinigten Staaten erhielt.

1919 waren es achtundzwanzig Meilen von der Ranger-Station Elk Summit im Selway Forest bis zur nächsten Straße, vierzehn Meilen bis zum höchsten Punkt der Bitterroot-Wasserscheide, und vierzehn Meilen schnurstracks den Blodgett Canyon hinunter zum Bitterroot Valley, das nur ein paar Meilen von Hamilton, Montana, entfernt ist. Die vierzehn Meilen bergab waren genauso hart wie die vierzehn Meilen bergauf, und dazu weitaus gefährlicher, denn der Blodgett Canyon ist in der Medizin berühmt geworden durch die Zecken, die eine Art Fleckfieber, das Rocky-Mountain-Fieber, hervorrufen, bei dem die Überlebenschancen eins zu fünf stehen. Der achtundzwanzig Meilen lange Pfad vom Elk Summit bis zur Öffnung des Blodgett Canyons war ein Forstweg und somit durch kleine Schilder an den Bäumen kenntlich gemacht, die eine Flamme mit einer Kerbe oben zeigten; nur wenige andere Pfade im weiten Elk-Summit-Distrikt waren so gekennzeichnet. Alle anderen waren lediglich Wildpfade und alte Trapperpfade, die sich in offenen Wiesen verloren und keine Spuren hinterließen, wohin das Wild oder die Trapper verschwunden waren. Es war eine Welt von Packpferdkarawanen und Einzelgängern – eine Welt von Huf und Fuß und der Rest von Hand gemacht. 1919 stand das Gebiet der Bitterroot-Wasserscheide im Norden von Idaho kurz vor dem Ende der längsten Epoche seiner Geschichte, einer Zeit, die keinen Allradantrieb, keine Bulldozer, keine Motorsägen kannte, keine druckluftgetriebenen Maschinen, die an die Stelle von Vorschlaghämmern traten, keine Chemikalien und ohne etwas aus der Luft, um Waldbrände zu löschen.

Heutzutage kann man ohne eine Uniform oder einen Collegeabschluß kaum Beobachtungsposten im Wald werden, aber im Jahre 1919 war kein Mann in unserer Truppe, nicht einmal der Ranger selbst, aufs College gegangen. Die Ranger für den Forstdienst wurden immer noch so ausgesucht, daß man sich den härtesten Burschen im Ort nahm. Unser Ranger, Bill Bell, war der härteste Bursche im Bitterroot Valley, und wir hielten ihn für den besten Ranger im Forstdienst. Wir wurden in diesem Glauben durch das Gerücht bestärkt, daß Bill einen Schafhirten getötet habe. Wir waren ein bißchen enttäuscht, daß er von der Anklage freigesprochen worden war, aber das warf ihm niemand vor, denn wir wußten nur zu gut, daß der Freispruch vom Mord an einem Schafhirten in Montana nicht gleichbedeutend ist mit der Unschuld des Angeklagten.

Was die Uniform anging, so trug unser Ranger immer seine 45er, und auch die meisten in unserer regulären Truppe hatten einen Revolver, ich eingeschlossen. Die beiden alten Männer im Dienst erzählten uns übrigens, daß »USFS« für »Use 'er Slow and Fuck 'er Fast« stand. Da ich jung und wortpedantisch war, brach ich anfangs eine Diskussion vom Zaun und wies darauf hin, daß die jeweiligen Anfangsbuchstaben in ihrem Motto nicht genau der Abkürzung USFS entsprachen – daß das letzte Wort »Fast« nicht mit einem S wie »Service« begann. Als Dickkopf, der ich bin, blieb ich längere Zeit bei diesem Argument und hörte mich laut werden. Jedesmal spuckten sie dann durch den Scheitel ihrer Schnauzbärte und sahen mich an, als wäre ich zu jung, um auch nur irgend etwas von Belang zu diesem Thema sagen zu können. Denn was sie anging, paßte ihr Motto haargenau auf den Forstdienst der Vereinigten Staaten, und am Ende des Sommers war ich dazu gekommen, ihre Meinung zu teilen.

Obwohl unser Ranger Bill Bell der beste Ranger war, tat er sich beim Cribbage nicht gerade hervor. Er legte seine Karten auf den Tisch und sagte: »Fünfzehn-zwei, fünfzehn-vier, fünfzehn-sechs und ein Pärchen sind acht.« Wie gewöhnlich blätterte ich seine Karten auf und zählte nach. Er hatte nichts weiter als eine Acht und ein Siebener-Pärchen, ein Blatt, das er immer als acht zählte. Vielleicht war er durch die Achter-Karte auf den Gedanken gekommen. »Bill«, sagte ich ihm, »dein Blatt zählt sechs. Fünfzehn-zwei, fünfzehn-vier und ein Pärchen ergeben sechs.« Wenn Bill sich irrte, hatte er immer das Gefühl, von jemandem beleidigt zu werden. »Verdammt noch mal«, sagte er, »kannst du denn die Achter-Karte nicht sehen? Also, acht und sieben...« Der Koch, der noch das Geschirr abtrocknete, blickte Bill über die Schulter und sagte: »Das Blatt zählt sechs.« Bill schob seine Karten zusammen und warf sie auf den Haufen – für Bill galt immer das, was der Koch sagte, was mir den Koch nicht gerade sympathischer machte. Es ist immer schwer, einen ungenießbaren Koch leiden zu mögen, und diesen mochte ich besonders wenig.

Dennoch hatte ich keine Ahnung, wie wenig ich ihn, noch bevor der Sommer vorbei war, mögen sollte, wie ich auch keine Ahnung hatte, was für eine großartige Sache ein anderes Kartenspiel werden sollte. Mitten im Sommer, als ich siebzehn war, mußte ich mich erst noch selbst zum Teil einer Geschichte werden sehen. Vor dieser Zeit hatte ich noch keine Vorstellung davon, daß das Leben hin und wieder Literatur wird – selbstverständlich keine lange Zeit, aber lange genug, um das zu sein, woran wir uns am besten erinnern; und daß oft genug das, was wir schließlich mit Leben meinen, jene Augenblicke sind, in denen das Leben nicht wie sonst seitwärts, rückwärts, vorwärts oder auch nur ins Nichts verläuft, sondern sich geradeaus erstreckt, gespannt, unausweichlich, mit einer Verwicklung, einem Höhepunkt und, bei etwas Glück, mit einer Läuterung, als wäre das Leben gemacht und nicht ein Ereignis. Damals sah ich in Bill nicht den Helden meiner Geschichte – ich wurde es bloß müde, darauf zu warten, daß er die Karten für die nächste Runde austeilte. Bevor er sich dazu bequemte, leckte er sich erst die Finger, damit er nicht drei oder vier Karten auf einmal austeilte.

Es war schwer zu erklären, warum Bill so anders sein konnte, wenn er ein Seil in den Händen hatte – damit war er ein Künstler, und er machte immer etwas mit einem Seil. Selbst wenn er in der Ranger-Station saß, ließ er kleine Schleifen wirbeln und schleuderte sie dann sanft über einen Stuhl; und wenn er das nicht machte, band er Knoten, wunderschöne Knoten. Während die Mannschaft quatschte, warf er Schleifen oder band Knoten. Im Umgang mit Menschen war er ein Mann von »Ja« und »Nein« – nur hin und wieder sagte er den Teil eines Satzes oder sprach gar ein oder zwei Sätze aus; doch mit seinen Pferden und Maultieren redete er die ganze Zeit, und sie verstanden ihn auch. Er redete nie laut mit ihnen, vor allem nicht mit den Maultieren, die, wie er wußte, Elefanten gleichen und nie etwas vergessen. Wenn ein Maultier beim Beschlagen bockte, wurde er nie handgreiflich – er führte das Tier einfach hinaus in die Sonne, band ihm ein Vorderbein hoch und ließ es dort ein paar Stunden stehen. Man kann sich gar nicht vorstellen, was für eine christianisierende Wirkung es hat, selbst auf ein Maultier, ein paar Stunden in der heißen Sonne zu stehen und ein Bein zu wenig zu haben.

Bill war so gebaut, daß er zu seinen Händen paßte. Er war in jeder Hinsicht groß und stark, einfach massig. Vor allem war er ein Mann zu Pferde, und er benötigte ein extra starkes Pferd. Er war nicht der schlanke Cowboy des Kinos und der Ebenen. Er war ein Reiter der Berge. Er konnte eine Axt schwingen oder eine Säge ziehen, einen Transport führen und den Pfad bahnen, den ganzen Tag zu Fuß gehen, wenn er mußte, die Steigeisen anlegen und Telephondrähte der Sorte Nummer Neun spannen, und er war kein schlechter Koch. In den Bergen arbeitet man, um zu überleben, und in den Bergen ist es einem egal, ob man ein Pferd hat, das schnell laufen kann. Wo soll es denn hinlaufen? Bills Pferd war groß, von weitausholender Gangart und konnte den ganzen Tag mit fünf Meilen die Stunde über Bergpfade zockeln. Es war ein Pferd für die Berge, das einen Mann der Berge trug. Bill nannte es *Big Moose*. Es war braun und warf, wenn es unterwegs war, den Kopf zurück, als ob es Hörner hätte.

In jedem Beruf gibt es einen Zenit der jeweiligen Kunst. Im Krankenhaus den Hirn- oder Herzchirurgen, und im Sägewerk den Säger, der mit zusammengekniffenen Augen den wesentlichen Anschnitt setzt, der einen Baumstamm zu Brettern macht. In der Frühzeit des Forstdienstes war unser größter Künstler der Packer, wie es in Welten ohne befestigte Straßen immer gewesen ist. Das Packen ist eine Kunst, die so alt ist wie jener wandernde Mensch, der als erster ein Tier hatte, das ihm seine Habseligkeiten tragen half. Diese Kunst kam ursprünglich aus Asien und verbreitete sich von dort aus über Nordafrika nach Spanien. Uns im Norden wurde sie aus Mexiko gebracht, wahrscheinlich von Indianer-Squaws. Man kann sich nur schlecht mit einem Packer verständigen, wenn man nicht weiß, daß ein *cinch* (aus dem spanischen *cincha*) ein Sattelgurt ist, ein *latigo* (ebenfalls spanisch) der starke Lederriemen, der das Ende des Sattelgurts am Sattel befestigt, und ein *manty* (aus dem spanischen *manta*) eine Satteldecke. Mit dem Bau befestigter Straßen ist aus dieser alten fast eine verlorengegangene Kunst geworden, aber in der Frühzeit dieses Jahrhunderts führten erst wenige Straßen über die Berge und keine über die Bitterroot-Wand. Von der Öffnung des Blodgett Canyons in der Nähe von Hamilton, Montana, bis zu unserer Ranger-Station von Elk Summit in Idaho kam nichts voran – außer auf den eigenen Beinen. Wenn es galt, eine große Feuerlöschmannschaft zu versorgen, mochte es fast eine halbe Hundertschaft von Maultieren und kurzrückigen Pferden sein, die die schmalen Zickzackpfade hinauf ächzte und keuchte und an jeder scharfen Kurve besonders große Mengen Mist fallen ließ. Die

Stricke, mit denen die Tiere zusammengebunden waren, zogen sich ruckartig stramm und spannten die verbundenen Hälse zu einer geraden Linie, bis sie aussahen wie dunkle Riesenschwäne, die kreisten und schließlich in einer höheren Sphäre verschwanden.

Bill war unser Packmeister, und im Forstdienst hat es nie einen besseren gegeben. Aber augenblicklich fiel es ihm furchtbar schwer zu entscheiden, welche seiner drei verbliebenen Karten er ausspielen sollte. Am liebsten hätte er wohl seinen schwarzen Stetson abgenommen und sich den Kopf gekratzt, aber morgens setzte er als erstes immer diesen schwarzen Hut auf, und wenn er ins Bett ging, legte er ihn als letztes ab. Dazwischen trennte er sich nur ungern von ihm. Bevor er sich dazu bequemte, den Hut zurückzuschieben und eine Karte auszuspielen, mußte ich an einige Streifzüge denken, die ich mit ihm über die Bitterroot-Wasserscheide unternommen hatte.

Als Packmeister ritt Bill an der Spitze des Trosses. Den schwarzen Stetsonhut schräg aufgesetzt, ritt er mit fast völlig rückwärtsgewandtem Kopf, so daß er aufpassen und sehen konnte, ob sich etwa irgendwelche Packlasten lockerten. Später im Leben sollte ich ägyptische Flachreliefs sehen, auf denen die Köpfe der Männer in eine Richtung schauen und ihre Körper in die andere weisen, und so ist es auch bei guten Packern. Letzten Endes ist das Packen die Kunst, Packlasten ins Gleichgewicht zu bringen und dann darauf zu achten, daß sie auch unterwegs im Gleichgewicht bleiben – sonst kriegen die Tiere nach ein oder zwei Tagen Sattelwunden und sind für die längste Zeit des Sommers nicht mehr zu gebrauchen.

Dort oben mit Bill an der Spitze konnte man so ziemlich alles sehen, was geschah. Etwa, daß ein Pferd ausrutschte oder aus dem Troß getreten wurde, so daß es aus Angst den Berg hinunterrollte, bis es sich um einen Baum verfing. Dann mußte man es vielleicht sogar erschießen, ihm den Sattel abnehmen und den Rest dessen, was über die Landschaft verteilt war, vergessen. Aber zumeist brauchte es Bills geschulten Blick, um das zu sehen, worauf man achten mußte – ein Sattel, der so weit nach hinten gerutscht war, daß das Tier nicht mehr atmen konnte, oder ein Sattel, der zur Seite gerutscht war. In einer derart großen Gruppe gibt es immer ein paar ›glatte Bäuche‹, an denen kein Gurt Halt hat, und ziemlich viele ›Bläher‹, die sich am Morgen aufblasen, wenn der Gurt mit ihnen in Berührung kommt, und dann langsam schrumpfen. Und wer weiß, was sonst noch. Der Ärger hat vielleicht schon im Lagerhaus angefangen, wo der Wiegemeister die Packlasten nicht richtig ausgewogen hat oder sich einen Dreck darum scherte, so daß jetzt ein Tier auf dem Weg über die Bitterroot-Wasserscheide mit schiefhängenden Lasten das Gleichgewicht zu wahren versuchte. Oder vielleicht waren die Lasten auch im Gleichgewicht, nur daß ein Hilfspacker die eine höher gebunden hatte als die andere. Oder einen schlampigen Diamantknoten gebunden hatte, so daß alles ins Rutschen geriet. Die Bitterroot-Wasserscheide mit ihren vielen Zickzackkurven, Granitfindlingen und Sumpflöchern brachte jede Schwäche eines Packers, seiner Ausrüstung und seiner Tiere zum Vorschein. Einen Packtroß von nahezu einer halben Hundertschaft über die Bitterroot-Wasserscheide zu führen hieß, ein Meisterstück in dieser jetzt fast verlorengegangenen Kunst zu vollbringen, und ich bin 1919 mit Bill geritten und habe gesehen, wie es vollbracht wurde.

Die Wasserscheide war genauso schön wie der Aufstieg zu ihr. Im August war sie blau von Junilupinen. Schaum troff aus den Mäulern von Pferden und Maultieren, und während sie aus aufgerissenen roten Nüstern schnaubten, schüttelten die Tiere ihre Sättel und versuchten, ohne Hände ihre Lasten neu zu ordnen. Nicht weit im Süden war El Capitan, immer im Schnee und immer ganz das, was sein Name bedeutet. Westlich vor uns lag unsere Ranger-Station – und die Berge von Idaho, Gedichte der Geologie, die sich über alle Grenzen hinweg erstrecken und anscheinend auch über den Rand der Welt.

Etwa sechs Meilen westlich der Wasserscheide liegt ein See, ungefähr zwei Drittel des Weges zwischen Hamilton und Elk Summit, der die einzige Stelle bildet, wo es Wasser gibt und genügend Gras, um eine Koppel Pferde die Nacht über zu versorgen. K.D. Swan, der hervorragende Photograph aus der Frühzeit des Forstdienstes, hätte dort sein müssen, um die Gestaltung der Wasserscheide festzuhalten – in Dreiecken aufsteigend zum Himmel und in Ovalen und

Kreisen abfallend hin zu einer ovalen Wiese und einem ovalen See mit einem Elch knietief neben Seerosenblättern. Dreiecke führten hinauf und Ovale kamen herunter, und auf der Wasserscheide war es Frühling im August.

Das Abladen war genauso schön – ein nasser Satinrücken nach dem anderen ohne Sattel und ohne Sattelwunde, und kein einziger nasser, weißer Fleischfleck, wo Haut und Haar sich abgescheuert hatten. Vielleicht muß man etwas davon verstehen, die Packlasten auf dem Rücken von Tieren im Gleichgewicht zu halten, um das für schön zu halten oder es überhaupt wahrzunehmen, aber für alle, die arbeiten, ergeben sich Augenblicke der Schönheit, die für den Rest der Welt unsichtbar bleiben.

Und so ist für einen Reiter, der vor Tagesanbruch die Pferde suchen muß, nichts so schön wie der Klang der Glocke einer Leitstute in der Dunkelheit.

Während ich noch so dasaß und daran dachte, was für ein großer Künstler Bill war und daß sogar die Knoten, die er knüpfte, kunstvoll waren, hatte er mich irgendwie in dem Cribbage-Spiel, in dem er ein Dämlack war, überholt. Auf jeden Fall war ich um einiges besser beim Cribbage, einst der beliebteste häusliche Zeitvertreib im Wald. Wir spielten es sogar im Freien, und oft hatte einer von uns auf den Pfaden ein Kartenspiel und ein Cribbage-Brett in seinem Packsack, und mitten am Vormittag und am Nachmittag setzten wir uns rittlings auf einen Baumstamm und spielten ein Spiel.

Bill lag eigentlich nicht wirklich vorn, aber ich würde verlieren, wenn er nicht wie ein totaler Schwachkopf spielte. Wir waren beide in Reichweite der 121 Punkte, an denen ein

Cribbage-Spiel endet, und ich hatte den Vorteil, als erster zu zählen. Ich brauchte nur noch acht Punkte, die ich normalerweise mit einem ordentlichen Blatt und dem Brett leicht hätte erreichen können. Aber ich hatte ein mieses Blatt, nur ein Viererpärchen, und ein Pärchen zählt bloß zwei Punkte, also würde ich auf dem Brett sechs machen müssen, um 121 zu erreichen, und das ist eine Menge. Falls Sie Cribbage nicht kennen: um mich daran zu hindern, sechs auf dem Brett zu stecken, brauchte Bill praktisch nichts weiter zu tun, als keine meiner ausgespielten Karten zu einem Pärchen zu ergänzen. Ich begann auf dem Brett, indem ich eine meiner Vieren ausspielte, und er, so wahr ich hier erzähle, hatte eine Vier auf der Hand und knallte sie auf den Tisch. »Ich nehme zwei für ein Viererpärchen«, sagte er. Wie ich schon gesagt habe, ich hatte auf der Hand nichts weiter als ein Viererpärchen. Ich legte die dritte Vier ab, und beim Cribbage zählen drei von einer Sorte sechs, also hatte ich 121 und das Siegestor geschossen, und ich stand am Anfang einer Entdeckung: daß nämlich Künstler irgendwie nicht gut im Kartenspielen sind.

Und in der Tat hatte ich Gerüchte in Hamilton gehört, wo sich Bills Hauptquartier im Bitterroot Valley befand, daß die örtlichen Kleinstadtspieler es kaum erwarten konnten, bis Bill seinen Monatslohn erhielt. Unter den örtlichen Kneipenangestellten und Schleppern war er angeblich bekannt dafür, Poker zu spielen, als ob er durch Kiemen atmete. Da ich wußte, wie sehr Bill es haßte zu verlieren, war ich irgendwie überrascht, daß man ihn noch nie von der Anklage freigesprochen hatte, einen Schlepper erschossen zu haben.

Da ich Bill kannte, wußte ich auch, daß er sauer auf mich war, jedenfalls in diesem Augenblick, also dachte ich mir: »Wir wollen doch mal sehen, ob sich nicht auch das Glück wendet, wenn wir uns einem anderen Spiel zuwenden.« Drei Personen können natürlich mehr Kartenspiele spielen als zwei. Da der Koch mit dem Geschirr fast fertig war, fragte ich ihn: »Warum machst du nicht mit bei einem Spiel um Kleingeld. Poker? Pinokel? Du und Bill, ihr könnt es euch aussuchen.«

Diesen Koch werde ich nie vergessen; tatsächlich gehört er zu meinen ältesten Erinnerungen. Sogar draußen im Wald trug er Halbschuhe aus Segeltuch. Diese Schuhe zeigten jetzt auf mich, als er sagte: »Ich spiele niemals Karten gegen die Männer, mit denen ich arbeite.« Es war nicht das erstemal, daß der Koch mir diesen stolzen Spruch gesagt hatte, und ich konnte den Kerl erneut nicht leiden. Kann sein, daß er Hawkins hieß, aber ich glaube, daß er eigentlich Hawks hieß und ich in der Erinnerung daraus Hawkins machte, weil in einem Buch eine Figur vorkam, die ich nicht leiden konnte, und die hieß Hawkins.

Bill und ich spielten noch eine Runde Cribbage, um so über das ungute Gefühl hinwegzukommen, aber es gelang uns nicht. Ich nahm die Karten zusammen, steckte sie in ihre Schachtel und stellte die Schachtel in das einzige Regal in der Bude. Noch bevor ich an der Tür war, hatte der Koch die Karten in den Fingern, saß am Tisch und mischte. Er gab Karten für vier Spieler. Dann ging er erneut über die ersten drei Blatt, legte jedem ein oder zwei weitere Karten dazu, als ob jeder Spieler neue Karten verlangt hätte. Er stockte jedoch, bevor er sich selbst Karten gab. Dann raffte er sie alle mit einer einzigen Handbewegung an sich. Nachdem er gemischt hatte, gab er Karten für fünf, manchmal auch nur für vier Spieler, aber niemals für drei, damit ich ja nicht auf den Gedanken käme, daß er mit Bill und mir spielen wolle. Ich stand da und schaute ihm beim Mischen und Geben zu. Das Zuschauen lohnte sich. Nach ungefähr fünf Minuten schnappte er sich sämtliche Karten mit einem Schwung, steckte sie in die Schachtel, stellte die Schachtel ins Regal und ging ins Bett. Ich machte die Tür zu und ging in das Zelt, in dem die Mannschaft schlief. Ich konnte ihn noch weniger als sonst leiden.

Nur vier von uns gehörten zur ›regulären Mannschaft‹, zu der noch die Beobachtungsposten kamen, die auf hohen Bergen stationiert waren, und der Ranger und der Koch. Die reguläre Mannschaft wurde zum Monatslohn von 60 Dollar nur für den Sommer eingestellt – der Ranger war der einzige im Distrikt, der für das ganze Jahr angestellt war. Zu Beginn des Sommers hatte es ein großes Feuer gegeben, und auf den Straßen von Butte und Spokane war eine Hilfsmannschaft zusammengestellt worden, aber das Feuer konnte vorher gelöscht werden, und die Hilfsmannschaft wurde in die Stadt zurückgeschickt. Unsere kleine reguläre Mannschaft war jetzt gerade dabei, ungefähr drei Meilen von der Station entfernt einen Weg anzulegen – einen Weg ›Erster Klasse‹, mit einer Durchfahrtsbreite von zwanzig Fuß und keiner höheren Steigung als sechs Prozent. Eine zwanzig Fuß breite Schneise durch die Wildnis, ohne daß dort Bäume oder Büsche stehen blieben – und anstatt über einen Gesteinsausbiß, der uns im Weg war, mit einer kurzen Schotterschräge hinwegzugehen, sprengten wir uns durch die Felsen, damit der Weg nicht mehr als sechs Fuß Höhe auf hundert Fuß Strecke gewann. Tonnen Dynamit, und wir hätten mit einem Heuwagen unseren Gebirgsboulevard hinunterfahren können. Selbstverständlich brauchten wir nur Wege, die breit genug waren, daß Packpferde sie benutzen konnten, ohne daß die Packlasten sich in den Bäumen verfingen, und ein paar Jahre später änderte der Forstdienst die Bestimmungen und ordnete an, das Hinterland mit so vielen Wegen wie möglich zu erschließen. Dennoch ist es richtig, wenn man jung ist, nach übergroßer Vollkommenheit zu streben, die keinen Sinn ergibt, und heute gibt es irgendwo im Dschungel von Idaho ein oder zwei Meilen eines überwachsenen Boulevards, der nirgendwohin führt, nicht einmal zu einem verlassenen Maya-Tempel.

Von unserer regulären Vierer-Mannschaft waren zwei alte Männer und zwei junge Burschen. Da war Mr. McBride mit seinem rothaarigen Sohn. Mr. McBride war schon überall herumgekommen, hatte auf verschiedenen Ranches im Bitterroot Valley gearbeitet, und der Sohn eiferte dem Vater nach. Mr. Smith war der alte Herr der Mannschaft und machte sich ständig Sorgen über seine Verdauung. Er wurde mit »Mr. Smith« angeredet. Er war ein würdiger Mann und machte kleine, vom Alter gezeichnete Schritte auf seinen großen Beinen, die seine Füße winzig erscheinen ließen. Er war Bergmann gewesen, und so war er naturgemäß unser Mann fürs Sprengpulver und wirklich gut. Da wir vier waren und Mr. McBride einen Sohn hatte, sah Mr. Smith mich als seinen

Sohn an. So kam ich zum Dynamit, das mich krank machte. Bevor ich mit der Arbeit anfing, hatte ich Geschichten darüber gehört, daß man Kopfschmerzen bekommt, wenn man sich ins Gesicht faßt, nachdem man mit Dynamit in Berührung gekommen ist. Vielleicht ließ ich mich von der Geschichte beeinflussen, aber solange ich mit Sprengstoff arbeitete, hatte ich auch immer Kopfschmerzen. Doch vielleicht war ich auch mit siebzehn Jahren noch nicht groß und stark genug, um den ganzen Tag einen Vorschlaghammer zu schwingen.

Beim Sprengen macht man naturgemäß zuerst ein Loch für das Pulver in den Felsen. Heutzutage wird das mit einem Preßluftbohrer gemacht; damals wurde es mit der Hand und einem Vorschlaghammer gemacht. Wenn man zu zweit arbeitete, hieß das ›Doppelschlag‹. Ein Mann hielt den Bohrmeißel, und jedesmal, wenn der andere Mann mit dem Vorschlaghammer den Kopf des Bohrers traf, drehte der erste Mann den Bohrer ein Stückchen, bis die Spitze einen Kreis vollendet hatte. Das war der Umriß des Bohrlochs, und genauso ging es weiter, bis das Loch fertig war; unterbrochen wurde nur, wenn der Mann mit der Hand am Bohrmeißel »Schlamm« sagte. Dann machte der Mann mit dem Hammer dankbar eine Pause, während der Mann mit der Hand am Bohrmeißel das Loch mit einer sehr kleinen Kelle vom Feinschlamm säuberte. Sonst aber schlug der Mann mit dem Hammer immer weiter zu, und sollte er zufällig und nur einmal den kleinen Kopf des Bohrmeißels verfehlen und der Hammer abrutschen, zertrümmerte er dem Mann, der den Bohrmeißel hielt, die Hand oder den Arm. Bisweilen schien

Mr. Smith vergessen zu haben, wie man »Schlamm« sagt; dann schaute ich hinunter, sah die Köpfe von zwei oder drei Bohrern, und auf jedem hatte Mr. Smith die gleiche Hand, deren Haut bereits von Altersflecken gesprenkelt war. Ich glaube jetzt nicht mehr, daß ich deshalb Kopfschmerzen bekam, weil ich mir die Stirn rieb.

An diesem Morgen hatten die Kopfschmerzen schon früher als gewöhnlich eingesetzt. Ich kann Ihnen keinen sehr klaren Grund nennen, warum ich den Koch so wenig leiden konnte. Ich war mir selbst gegenüber ehrlich genug, einzugestehen, daß ich womöglich eifersüchtig auf ihn war. Obwohl ich erst siebzehn war, war dies mein dritter Sommer im Forstdienst, von denen ich zwei für Bill gearbeitet hatte, und er hatte mir gezeigt, wie man packt, und als Gegenleistung tat ich ihm manchen Gefallen, etwa, daß ich vormittags ins Camp zurückkam, um dann der Mannschaft das Essen zu bringen. Ich konnte mir einfach nicht erklären, wie dieser Koch auf Bills Spitzenplatz vorrücken konnte. Alles was er sagte oder tat, fand Bill vollkommen richtig. Außerdem gefiel mir sein Aussehen nicht – er sah aus wie ein Blauhäher, frech, mit seinem schrägen Kopf und einem hohen Haarbüschel oben drauf. Ein Blauhäher mit Halbschuhen aus Segeltuch. Eigentlich brauchte ich jedoch keine Gründe, um ihn nicht leiden zu können. Wenn man älter wird, wird man auch mehr oder weniger vernünftig, aber wenn man jung ist, weiß man eben Bescheid. Ich wußte, dieser Koch war ein falscher Fuffziger.

Es linderte meine Kopfschmerzen auch nicht, wenn ich daran dachte, daß der Ranger sauer auf mich war. Ich sagte mir: »Nimm's leicht und halt deine große Klappe. Es ist weiter nichts, und das geht auch vorbei.« Dann wiederholte ich mir: »Halt deine große Klappe«, aber ich wußte, daß ich das nicht tun würde. Ich hatte mir Prinzipien zugelegt, um mich dafür zu entschädigen, daß ich mit fünfzehn Jahren zu arbeiten angefangen hatte. Mir war eine Menge entgangen, das wußte ich – schwimmen, die Mädchen im Sommer und ein Spiel namens Tennis, das man in weißen Flanellhosen mit Aufschlag spielte. Ich sagte mir immer wieder: »Du hast dich entschlossen, in den Wald zu gehen, also kannst du wenigstens eins tun: hart sein.« So etwas war mir nicht in den Sinn gekommen, als ich fünfzehn war und zum ersten Mal für Bill arbeitete, aber jetzt, mit siebzehn, kam es mir so in den Sinn. Auch wenn Bill mein Vorbild war und ein Künstler – vielleicht gerade deshalb –, suchte etwas in mir mit siebzehn so halb nach Ärger mit ihm.

Ausgerechnet der Koch kam kurz vor der Mittagspause und brachte uns das Essen. Er sagte zu mir: »Der Ranger möchte, daß du nach dem Essen zu ihm ins Camp zurückkommst.«

Als ich ins Camp zurückkam, war Bill in der Hütte, die wir als Lagerhaus benutzten, und packte die Lasten für den Troß, der bald nach Hamilton ziehen sollte. Ich fragte ihn nicht, warum er nach mir geschickt hatte, und er sagte es nicht von selbst. Ich machte mich einfach daran, ihm beim Packen und Wiegen der Lasten zu helfen, und bemühte mich, mit den Gedanken bei der Sache zu bleiben, zum Teil auch deshalb, weil das Packen nie eine rein mechanische Arbeit ist. Nicht einmal, wenn man die simpelsten Sachen packt, etwa Konservendosen, die in Behälter kommen, die ›panyards‹ heißen und aus Leder, Holz oder Segeltuch bestehen und an den Sattelknauf gehängt werden. Man darf nicht vergessen, jede Büchse einzeln in Toilettenpapier zu wickeln, denn sonst lösen sich die Etiketten von den Büchsen, und Bohnen und Birnen sind nicht mehr zu unterscheiden. Die schwersten Büchsen müssen ganz unten eingepackt werden, denn sonst verlagert sich das Gepackte. Dann muß auch jede der beiden Seitenlasten dasselbe wiegen, und zusammen (mit der Last oben) dürfen sie 175 Pfund für ein Pferd oder 225 Pfund für ein Maultier nicht übersteigen – so lauteten damals wenigstens die Vorschriften beim Forstdienst; doch das war fünfundzwanzig Pfund zu schwer, wenn die Tiere bis zur Mitte des Sommers nicht zu einem Haufen Knochen geworden sein sollten. Ich gehe jede Wette ein, daß keiner von Ihnen ohne Waage zwei gleich schwere Lasten packen kann, die zusammen 150 oder 200 Pfund wiegen, wenn noch eine Oberlast dazugekommen ist.

Nachdem wir eine Weile gepackt hatten, war mir völlig entfallen, was mich vorher so sehr beschäftigt hatte: warum der Ranger nach mir geschickt hatte. Vielleicht wollte er ja nur, daß ich ihm beim Verstauen der Sachen helfen sollte. Dann hörte ich, während wir mit gesenkten Köpfen arbeiteten, den Koch vorbeikommen, der mit den Messern und Gabeln klapperte, die die Männer beim Mittagessen benutzt hatten.

Immer noch an einer Packlast arbeitend, hörte ich mich sagen: »Ich kann diesen Hurensohn nicht leiden.«

Bill hob eine Last hoch und stellte sie wieder ab. In meinem Innern hörte ich mich sagen: »Halt deine große Klappe.« In der Außenwelt hörte ich mich hinzufügen: »Eines Tages schlag' ich ihm die Scheiße aus dem Leib.« Bill richtete sich auf und sagte: »Aber nicht in diesem Distrikt.« Er blickte mich sehr lange an, und ich blickte zurück, immer noch über meine Last gebückt. Ich dachte mir, daß in diesem Augenblick eine gebückte Haltung eine gute Haltung war. Schließlich machten wir uns beide wieder an die Arbeit.

Unter Bücken und Heben erzählte er mir nun, wie der Vormittag gelaufen war. »Der Beobachtungsposten auf Grave Peak hat heute morgen das Handtuch geschmissen.« »Ja?« sagte ich. »Ja«, sagte er. »Er kam in ungefähr drei Sprüngen den Berg runter.« Bis zum Gipfel des Berges waren es etwa zwölf Meilen. »Weißt du, was er zu mir gesagt hat?« fragte er. »Nein«, sagte ich. Ich war nicht glücklich über den wahrscheinlichen Ausgang der Geschichte. »Der Posten sagte: ›Zahlen Sie mich aus und lassen Sie mich gehen. Der Job ist zu hart für mich – tagsüber muß ich Feuer löschen und nachts mit Klapperschlangen schlafen.‹« Nachdem er die Packlast noch einmal hochgehoben hatte, um das Gewicht zu prüfen, fuhr er fort: »Anscheinend hat er die Bettdecke zurückgeschlagen und fühlte in der Hand etwas in der Form eines Wasserschlauchs. Glaubst du das?«

In Bear Creek, wo ich zuerst für Bill gearbeitet hatte, gab es auf den kahlen Bergen eine Menge Klapperschlangen. Auf steilen Pfaden am Berghang kann die Bergseite einem bis zur Hand reichen, und so konnte man im Vorbeigehen diese Klapperschlangen beinahe streifen. Und da sie Kaltblüter sind, fühlten sie sich wohl nachts von der Wärme eines Bettes angezogen. Aber in diesem Sommer hatte ich keine Klapperschlange in Elk Summit gesehen, obwohl das der Nachbardistrikt war.

»Nein, das glaube ich nicht«, sagte ich. »Warum nicht?« fragte er. »Das ist viel zu hoch oben für Klapperschlangen«, sagte ich. »Bist du sicher?« fragte er, worauf ich ihm antwortete, daß ich mir nicht sicher sei, aber schon der Meinung wäre. Während er immer noch am Packen war, sagte er: »Warum gehst du nicht für ein paar Wochen auf den Beobachtungsposten hoch und findest es raus?«

Ich fragte ihn nicht, wann; ich wußte, er meinte jetzt. Ich hob die beiden Packlasten hoch, bis ich sie für gleich schwer hielt, und ging dann zur Tür. Er fügte hinzu: »Falls du irgendwelche Brände entdeckst, ruf die Mannschaft zu Hilfe. Und wenn es starke Regen- oder Schneefälle gibt, mach das Camp dicht und komm zurück zur Station.«

Ich wußte, es würde dunkel sein, bevor ich Grave Peak erreichte, also bat ich den Koch, mir ein Sandwich zu machen. Ich hatte ein großes blaues Taschentuch, und ich wikkelte das Sandwich hinein und band es mir mitten auf dem Rücken an meinen Gürtel. Ich nahm meinen Rasierapparat, meine Zahnbürste, meinen Kamm und meine Lieblingsaxt und den Karborundstein mit. Dann schnallte ich mir meinen 32-20er-Revolver um und machte mich auf den Weg den Berg hinauf. Ich wußte, ich war in die Verbannung geschickt worden.

Es waren zwölf Meilen, die immer nur bergauf führten, aber ich machte kein einziges Mal halt, um mich auszuruhen oder das Sandwich zu essen. Bill schien die ganze Zeit zuzuschauen. Da ich ein kräftiges Tempo vorlegte, hielt ich fast bis zum Ende mit dem Tageslicht Schritt. Dann kam die Dunkelheit von unten über mich – nur der glänzende Gipfel zeigte mir, wohin ich ging.

In den ersten paar Tagen war ich zu müde, um über meine Sorgen nachzudenken. Ich war immer noch halb krank von dem Dynamit, und ich war immer noch kaputt von dem großen Feuer, das wir Ende Juli bekämpft hatten, und so verbrachte ich die meiste Zeit nur damit, den Ort in Augenschein zu nehmen und die Dinge einzuordnen.

Die heutigen Beobachtungsposten leben oben auf ihren Gipfeln in, wie sie genannt werden, ›Vogelkäfigen‹ – Glashäusern auf Türmen, mit Blitzableitern gespickt, so daß die Posten keine Angst zu haben brauchen, daß bei ihnen der Blitz einschlägt, und sie können vierundzwanzig Stunden am Tag auf den Türmen bleiben und Ausschau halten, ob der Blitz irgendwo eingeschlagen hat und Rauch aufsteigt. Das ist natürlich so, wie es auch sein sollte, aber im Jahre 1919 waren Vogelkäfige, soweit wir wußten, nur für Vögel. Wir beobachteten vom nackten Gipfel aus und lebten in einem Zelt in einer Mulde in Gipfelnähe, wo es gewöhnlich eine Quelle gab. Von meinem Zelt bis zum Wachtposten mußte ich eine gute halbe Stunde klettern, und ich verbrachte etwa zwölf Stunden am Tag damit, die Berge zu beobachten.

In Gipfelnähe standen nur wenige Bäume, und in nahezu alle hatte der Blitz eingeschlagen. Er hatte sie rundum der Reihe nach erwischt, wie ein Feuerdrache. Aber ich sollte entdecken, daß auf einem hohen Berg der Blitz nicht aus dem Himmel einzuschlagen scheint. Auf einem hohen Berg scheint der Blitz von irgendwo aus der Tiefe unter einem und ganz aus der Nähe zu kommen, und er schießt scheinbar in die Höhe und in die Breite. Einmal hat er mich niedergeschlagen, Äste auf mich geschleudert und mich übel zugerichtet liegen lassen.

Die Mulde, in der mein Zelt stand, war übersät mit Felsbrocken, die von oben herabgestürzt waren. Ich sah keine einzige Klapperschlange, aber ich teilte die Mulde mit einem Grizzly-Bären, der gelegentlich vorbeikam, über herabgestürzte Stücke zerfallender Felshänge stolperte und nach verhältnismäßig kleinen Portionen zum Fressen suchte. Wenn ich ihn kommen sah, erklomm ich den höchsten Felsen und versuchte mir vorzustellen, wie viele kleine Portionen er fressen mußte, um sich eine ordentliche Mahlzeit einzuverleiben. Wenn er mich sah, machte er solche Geräusche mit seinem Maul, als ob er sich seine falschen Zähne zurechtrückte. Im Wipfeldickicht einer Strauchkiefer fand ich das Gerippe eines Hirsches. Ihre Vermutung ist ebenso gut wie meine. Ich vermute, daß in der hochgelegenen Mulde der Schnee tief genug war, um die Bäume zu bedecken, und der Hirsch den Harsch überquerte und eingebrochen oder auch gleich umgekommen war, bis dann der Schnee schließlich schmolz. Mein Zelt hatte einen Riß, so daß ich bei Regen entweder meine Vorräte oder mein Bett trocken halten konnte, aber nicht beides.

Da ich nicht zum erstenmal einen Feuerwachtposten bezogen hatte, wußte ich, worauf ich achten mußte – eine kleine Wolke, die an einem großen Berg aufstieg, gewöhnlich am späten Nachmittag, wenn der Tau längst getrocknet war und die Winde ihren Höhepunkt erreicht hatten. Gewöhnlich löste sie sich von dem Berg und stieg auf in den Himmel und wurde bloß eine kleine Wolke. Zuweilen verschwand sie auf dem Berg, und dann wußte man nicht, was man gesehen hatte – wahrscheinlich eine Wolke, aber möglicherweise eine Rauchfahne, und der Wind hatte sich gedreht, und sie war jetzt nicht zu sehen, also markierte man sie auf der Landkarte, um sie einige Tage zu beobachten. Bei einem Gewitter markierte man jeden Blitzeinschlag, um ihn zu observieren, und manchmal dauerte es eine Woche, bevor daraus wieder eine kleine Wolke wurde, die größer wurde und dann zu brodeln begann. Wenn eine Wolke zu brodeln begann, dann war es keine Wolke, besonders dann nicht, wenn sie sich rot am Boden spiegelte. Es konnte sogar dann Feuer bedeuten, wenn die Wolke tief im Canyon stand, zwei oder drei Meilen von der Stelle entfernt, wo sie zuerst zu sehen war, denn wenn kein Wind weht, kann Rauch hinter einer Bergkette sehr weit treiben, bevor er wieder dort aufsteigt, wo man ihn bemerkt. So also sieht ein Feuer für einen Feuerwachtposten zuerst aus: ein Etwas – man weiß nicht was –, das gewöhnlich am späten Nachmittag auftaucht, vielleicht verschwindet und nicht wieder zurückkehrt, und wenn es dann zurückkehrt und Rauch ist, kann es ziemlich weit von dem Feuer entfernt sein.

Eine solche Spätnachmittagswolke hat keinerlei Ähnlichkeit mehr mit dem Anblick eines Waldbrands, der außer Kontrolle gerät, und in jenen Anfangsjahren war es oft unmöglich, Mannschaften rasch zu einem Waldbrand zu bringen, der im Hinterland loderte, wo es keine Straßen gab und bisweilen nicht einmal Wege, und das war natürlich lange bevor in Missoula Flugzeuge stationiert wurden, aus denen Chemikalien abgeworfen werden und Löschtrupps mit Fallschirmen abspringen.

Wenn damals ein Waldbrand außer Kontrolle geriet, heuerte der Forstdienst statt dessen hundert oder mehr Herumtreiber von den Straßen in Butte oder Spokane an, für dreißig Cents die Stunde (fünfundvierzig Cents für Vormänner), verfrachtete sie zu einem Bahnhof in der Nähe der Endstation einer Nebenlinie und ließ sie die letzten fünfunddreißig oder vierzig Meilen über die ›Mauer‹ marschieren. Wenn sie den Waldbrand erreicht hatten, hatte sich das Feuer bereits über die ganze Landkarte ausgebreitet und war in die Baumkronen übergesprungen, und ein zukünftiger Ranger hatte bei seiner Prüfung das letzte und über Jahre gültige Wort über Baumkronenbrände gesprochen. Sogar noch zu meiner Zeit war er eine Legende. Als er bei der Prüfung gefragt wurde: »Was tun Sie, wenn ein Brand auf die Baumkronen übergreift?«, hatte er geantwortet: »Ich verzieh' mich und bete wie ein Verrückter um Regen.«

Unser großes Feuer in diesem Sommer war so groß gewesen, daß ich davon immer noch müde war und mir die Augen vom Rauch und vom fehlenden Schlaf weh taten, und auch so groß, daß es über Jahre hinweg in meinen Träumen den Spitzenplatz einnahm, aber es hatte nicht das Ausmaß der Feuer von 1910, die den Cœur d'Alene und weite Teile der Bitterroot-Berge verbrannten. Der Rauch dieser Feuer trieb siebenhundert Meilen weit bis Denver, und in meiner Heimatstadt Missoula mußten schon am Nachmittag die Straßenlaternen angezündet werden, und Ascheflocken streiften sachte die Laternen, als fiele schwerer Schnee mitten in der Augusthitze. Selbstverständlich waren keine anderen registrierten Waldbrände so groß wie das Feuer von 1910, aber das von 1919 war das größte, bei dem ich je dabeigewesen bin.

Es raste durch die Baumkronen bis zum Kamm der Bergkette. Sie wissen vielleicht, daß ein Feuer, wenn es groß genug wird, selbst Wind erzeugt. Die Hitze des Feuers macht die Luft leichter, so daß sie zum Himmel aufsteigt und die kältere Luft von oben herunterstürzt und sie ersetzt, und schon bald facht ein zirkulierender Sturm das Feuer an, und am Himmel ist ein vulkanischer Ausbruch von brennenden Zapfen und Zweigen, die dann in Flammenströmen herabfallen. Das Feuer steht auf dem Kamm und brüllt die Hölle zur Verstärkung herbei. Während man durch die Flammen das nahende Inferno zu erspähen versucht, schreit plötzlich jemand: »Gott, sieh dich um. Das Mistvieh hat die Schlucht übersprungen.« Einhundertundachtzig Grad von der Stelle, wo man nach dem Inferno gesucht hat, und auf halber Höhe der gegenüberliegenden Schlucht schwillt ein kleiner Rauch zu einem großen an, weil dort einer von den brennenden Zapfen oder Zweigen vom Himmel gefallen ist und einen nun mit einem Feuer im Rücken eingeschlossen hat. Was macht man dann?

Natürlich waren die Männer, die aus Butte oder Spokane herbeigeschafft worden waren, längst todmüde und barfuß, bevor sie das Feuer überhaupt erreichten. Auf den Meldestellen in Butte und Spokane mußte jeder ein gutes Paar Stiefel und eine Jacke vorweisen, um eingestellt zu werden, also machte das einzige gute Paar, das sie insgesamt hatten, unter ihnen die Runde. Somit waren alle bis auf einen in schäbigen Straßenschuhen über die Bitterroot-Wand marschiert, und da sie das Tempo nicht halten konnten, um vor der Tragtierkolonne zu bleiben, schluckten sie achtundzwanzig Meilen lang Staub. Es waren Penner von der Straße, Bergleute, die den Sommer über aus den Löchern kamen, in der Hoffnung, der Tuberkulose zu entgehen, Säufer und gewerkschaftlich Organisierte der *Industrial Workers of the World*, die im Ersten Weltkrieg in Butte und Spokane stark gewesen waren. Da es der erste Sommer nach dem Krieg war, waren wir, die gewöhnlichen Saisonarbeiter, den IWWs gegenüber immer noch ziemlich mißtrauisch. Wer von uns zur regulären Mannschaft gehörte (das heißt, wer sechzig Dollar pro Monat anstatt dreißig Cents die Stunde bezahlt bekam), für den bedeutete IWW: »I Won't Work«, (»Ich will nicht arbeiten«), und wir waren uns auch sicher, daß diese Leute sich freuten, unser Land brennen zu sehen. Aus welchen Gründen auch immer, wir mußten ebensoviel Zeit wie zur Überwachung des Feuers darauf verwenden, sie zu überwachen. Erstmal mußten wir sie auf den Kamm der gegenüberliegenden Bergkette bringen, noch ehe das neue Feuer dort angekommen war, und viele von ihnen wollten sich einfach nur hinlegen und schlafen, während das große Feuer von hinten kam. Dort habe ich zum ersten Mal gesehen, daß der Tod manchmal keine Bedeutung für Menschen hat, wenn sie sich hinlegen können und schlafen. Wir scheuchten sie den Berg hoch, während sie uns anflehten, dort liegenbleiben zu dürfen, wo sie waren, und wir erreichten das Ziel auf dem Kamm vor dem Feuer. Dann legten wir einen ›Feuergraben‹ an, der nur aus einer zwei oder drei Fuß breiten Schneise bestand, aus der wir alles Brennbare, wie den trockenen Nadel- und Moderboden, entfernten. Vor dem Feuergraben häuften wir trockene Zweige auf und warteten dann, bis der Wind sich drehte und gegen das neue Feuer wehte, das sich die Flanke der Schlucht hinauffraß. Wir warteten, bis der Vormann uns das Signal gab, zündeten daraufhin die aufgehäuften Zweige an und ließen die Flammen auf das Hauptfeuer zuschießen. Dieses Verfahren ist als ›Gegenfeuer‹ bekannt, und diesmal funktionierte es auch, doch wenn der Wind wieder in seine ursprüngliche Richtung umgesprungen wäre, hätten wir mit unserer Arbeit dem Feuer nur einen Vorsprung geliefert. Drei Tage kamen wir nicht zum Schlafen. Einige von uns mußten Trinkwasser in warmen Segeltuchsäcken auf eine tausend Fuß hohe Bergkette schleppen. Wir anderen verlängerten langsam talwärts den Feuergraben an den Seiten des Waldbrands. Das Tal selbst ließen wir erstmal außer acht – ein Feuer breitet sich nicht sehr weit und schnell bergabwärts aus.

Wir hatten gute Arbeit geleistet, dem Feuer den Weg abzuschneiden. Es zählt nur das, was man in den ersten Stunden tut, nachdem man auf das Feuer stößt, und wenn das nicht das Richtige ist, sollte man lieber den Rat des jungen Rangers annehmen und sich aufs Beten verlegen. Bill und der Mann, den er zum Feuervormann gemacht hatte, hatten Erfahrung wie Talent, und es bedarf des Talents genauso wie der Tatsache, schon einmal dabeigewesen zu sein, um zu wissen, wo man ein Feuer hart genug treffen muß, damit es auf der Stelle umkehrt. Wenn es nicht heißer ist als 25 Grad im Schatten und nichts einen tödlich zu verbrennen oder einem tosend entgegenzuschlagen droht, wenn die Lungen trotz der Hitze immer noch atmen und einem der Qualm nicht die Augen verschließt, ist es leicht, die simplen Prinzipien einer Wissenschaft zu verkünden, wenn es denn eine ist. Man versucht nur, das Feuer auf eine Lichtung auf dem Kamm der Bergkette zu treiben, die mit Felsbrocken oder Schieferton bedeckt ist, oder, falls solche Lichtungen in der Nähe nicht gerade reichlich vorhanden sind, es in einen dünnen Bestand von Hochgebirgskiefern oder sonstige nicht schnell entflammbare Gegenden zu treiben. Ist aber das Inferno erst da und der Qualm so dick, daß man nur zwei oder drei Männer vor sich sehen kann, gelten nur noch Talent und Mut, nicht die Wissenschaft, die einem sagt, wo die Spitze des Feuers ist und wo eine Lichtung, die man nicht sehen kann, und wo und wann der Wind sich drehen wird, und ob deine Männer das haben, was es braucht, um standzuhalten und zu warten. Diesen letzten Punkt darf man nicht vergessen, wenn man seine Männer postiert – nicht nur Pferde geraten in Panik, wenn der Stall brennt. Aber wir waren richtig postiert, und wir hatten entweder Mut oder waren zu kaputt, um uns den Kopf zu zerbrechen. Jedenfalls hielten wir stand, und der Wind blieb auf unserer Seite, und wir stießen mit unseren Gegenfeuern zu dem großen Feuer vor und trieben es an die Baumgrenze.

Aber jedes Mal, wenn wir das Feuer unter Kontrolle gebracht hatten, passierte etwas Seltsames – das Feuer sprang über unsere Feuerschneise, gewöhnlich an einer ziemlich unscheinbaren Stelle, also kam uns die Gewißheit, daß die IWWs brennende Stämme quer über die Schneise rollten und damit das Feuer von neuem entfachten. Wenn sie das taten, wollten sie wahrscheinlich nur ihre Arbeitsplätze erhalten, aber das kam uns nicht in den Sinn, und was uns in den Sinn kam, spielte sowieso keine große Rolle – das Feuer sprang immer wieder und überall über die Linien, bis ich und der kleine Rotschopf dazu ausersehen wurden, als Feuerwache Patrouille zu gehen. Der Feuervormann befahl uns, Revolver zu tragen. Das war alles, was wir an Befehlen erhielten. Ich frage mich immer noch, warum die beiden Jüngsten der Mannschaft diesen Auftrag erhielten. Hat man geglaubt, daß wir uns groß aufspielen würden, weil wir so jung waren, dann aber in der Klemme wie gelähmt reagieren und nicht schießen würden? Oder hat man geglaubt, wir wären so jung und damit verrückt genug, um fast unbesehen loszuballern? Oder hat man geglaubt, daß niemand, vor allem nicht die IWWs, diese Fragen beantworten könnte? Wir sind jedenfalls meilenweit Patrouille gelaufen, durch brennende Bäume und Asche so federleicht, daß sie vor uns aufstob, wenn wir uns näherten. Wir haben keinen Ärger gesucht, und wir haben auch keinen gefunden. Ebensowenig haben wir gebetet, aber schließlich ist der Regen gekommen. Da der andere Junge ein Rotschopf war, glaube ich, daß er geschossen hätte. Mir wäre keine große Wahl geblieben.

Ich nehme nicht an, daß Bill mich auf den Ausguck auf den Berg geschickt hätte, wenn ihm klar gewesen wäre, wie sehr ich einige Tage zum Ausruhen brauchte, eine Annahme, die mir eine Menge Freude bereitete. Da ich immer noch sauer auf ihn war, meldete ich mich telephonisch bei der Ranger-Station nur so oft, wie es unbedingt nötig war – dreimal am Tag. Das Telephon befand sich in einer sargförmigen Kiste, die an den Zeltpfosten genagelt war, und es hatte eine Kurbel. Zweimal lang, und ich hatte die Ranger-Station, und einmal lang und einmal kurz war für mich, aber mich hat niemand von der Ranger-Station angerufen. Auf einem entfernten Ausguck saß eine Frau, und sie hatte zweimal lang und einmal kurz, und ich bin sicher, wir standen alle oft am Telephon und wollten es zweimal lang und einmal kurz klingeln lassen, ohne es aber jemals zu tun. Statt dessen beobachteten wir ihren Berg und meinten, er sähe anders aus als die anderen, und wir nahmen unsere Telephonhörer ab und lauschten ihrer Stimme, wenn sie an der Reihe war, sich in der Station zu melden. Sie war verheiratet und redete jeden Abend mit ihrem Mann in Kooskia, aber dabei haben wir nicht zugehört, denn wir wollten uns ja nicht selbst leid tun.

Nachdem ich mich einige Tage ausgeruht hatte, ohne das Zelt zu flicken, fühlte ich mich langsam wieder in Form. Ich wußte, ich war hier zur Strafe heraufgeschickt worden. Es wurde von mir erwartet, stillzusitzen, Berge zu beobachten, mich nach Gesellschaft und nach einer Beschäftigung zu sehnen, nach einem Spiel Cribbage etwa, denke ich. Eines war sicher, ich mußte Berge beobachten, denn das war mein Job, aber ich würde nicht ohne Gesellschaft sein. Ich wußte längst, daß Berge leben und sich bewegen. Als ich vor langer Zeit einmal eine Kinderkrankheit hatte und keiner sagen konnte, was es war oder wie es zu behandeln sei, legte meine Mutter mich in ein Bett im Freien, über das ein Moskitonetz gespannt war, und dort lag ich und beobachtete die Berge, bis sie mich gesund machten. Ich wußte, daß sich die Berge, wenn nötig, für mich bewegen würden.

Ungefähr zur gleichen Zeit spürte ich in mir ein anderes Gefühl, das allerdings mit jenem Gefühl zu tun hatte, daß ich mich von Bill nicht damit bestrafen lassen würde, Berge beobachten zu müssen. In diesem Zusammenhang wurde ich mir wohl zum ersten Mal des Gefühls bewußt, das ich schon vorher erwähnt habe – des Gefühls, das entsteht, wenn man zum ersten Mal merkt, daß das eigene Leben sich in eine Geschichte verwandelt. Langsam spürte ich den Unterschied zwischen dem, was ich fühlen würde, wenn ich mich nur dem Ende einer Sommerarbeit näherte, und was ich fühlen würde, wenn ich gerade am Anfang einer Geschichte stünde. Wenn das, was kommen würde, so werden sollte wie das Leben, wie es bisher gewesen war, würde die Sommerarbeit bald vorbei sein; ich würde nach Hause gehen und meinen Kumpels vom großen Feuer und vom Dynamit erzählen und wie ich an der Feuerfront meinen 32-20er-Revolver getragen hatte. Während ich vom Grave Peak hinunterschaute, war ich mir jedoch nicht mehr sicher, ob das große Feuer irgendeine Rolle spielte in dem, was jetzt auf mich zukommen sollte. Eine größere Rolle spielte, daß ich den verdammten Koch nicht leiden konnte, der ein Niemand war, nicht einmal ein guter oder schlechter Koch, und der überhaupt nichts gut konnte – außer Karten mischen. Sachte zwar, aber dennoch nicht weniger wirklich, wurde ich in eine Handlung verwikkelt, die mich zum Gegenspieler meines Helden Bill Bell machte; tatsächlich machte ich mich auf mysteriöse Weise selbst zu seinem Gegenspieler. Der Koch nahm langsam das Aussehen des mysteriösen Schurken an; ja, ich wurde mir selbst mysteriös – ich wollte einem Ranger und einem Koch zeigen, daß ich nicht zu besiegen war, indem man mich zwang, Berge zu beobachten, die seit meiner Kindheit meine Freunde waren.

Es braucht nicht viel an Körper und Geist, um Beobachtungsposten zu sein. Es ist eher eine Sache der Seele. Und es ist erstaunlich, wie sehr sich unsere Seelen gleichen, zumindest angesichts von Bergen. Für uns alle werden die Berge nach kurzer Zeit Bilder, und die Bilder werden wahr. Goldgesprenkelte Wellen werden zu Purpurrücken von Ungeheuern, und so geht es weiter. Es ist immer etwas aus der bewegten Tiefe und beinahe immer ozeanisch. Nie ein See, niemals der Himmel. Aber mit welchen Bildern ich auch begann, wenn ich lange genug beobachtete, wurden die Berge zu Träumen, und sie werden es immer noch, und umgekehrt geschieht dasselbe – oft, wenn ich aus Träumen erwache, weiß ich, ich bin in den Bergen gewesen, und ich weiß, sie haben sich bewegt – manchmal rückten sie bedrohlich vor, manchmal schlichen sie zögernd weiter, manchmal wichen sie endlos zurück. Die Berge wie die Träume.

Am späten Nachmittag jedoch bedeuteten die Berge für die Beobachtungsposten reine Arbeit. Die großen Winde drehten sich und sprangen von den Tälern zu den Gipfeln, und der Rauch kleiner Brände, die seit einigen Tagen verborgen gebrannt hatten, zeigte sich jetzt vielleicht zum erstenmal. Neue Feuer entfuhren dem Donner, bevor er erscholl. Gegen halb vier oder vier tänzelten die Blitze auf fernen Bergketten wie irreale Faustkämpfer, sie hüpften seitwärts, duckten und produzierten sich, ohne aber etwas zu treffen. Gegen halb fünf oder fünf lief ein ganz anderes Spiel. Der Unterschied war an der Luft zu spüren, die nun schwer zu atmen war. Der Blitz kam jetzt auf einen zugeschossen und teilte kurze schmetternde Schläge aus. Mit einer *Alhidade* zog man dann eine Linie auf der Karte zu dem Punkt, wo er eingeschlagen hatte, und fing an zu zählen: »Tausendeins, tausendzwei« und so weiter, wobei die Tausend deshalb angesagt wurde, damit sich das Zählen verlangsamte und jede Zahl eine Sekunde dauerte. Wenn der Donner einen bei »tausendfünf« erreichte, konnte man damit rechnen, daß der Blitz eine Meile entfernt eingeschlagen hatte. Die Schläge wurden kürzer und die Zahlen kleiner, und man wußte, jetzt kam die Strafe. Blitz und Donner schlugen zusammen ein. Es gab nichts mehr zu zählen.

Aber am besten erinnere ich mich daran, in Sommernächten aus dem Zelt zu kriechen, wenn auf hohen Bergen immer schon der Herbst naht. Für einen Jungen ist es etwas Neues und Schönes, von Sternen umgeben zu pinkeln. Nicht unter den Sternen, sondern von ihnen umgeben. Selbst des Nachts scheinen auf großen Bergen immer große Winde zu wehen, und die Wipfel der Bäume krümmen sich, aber während der Junge dort steht und nichts anderes zu tun hat, als zu schauen, krümmt sich anscheinend der Himmel selbst, und die Sterne wehen herab durch die Bäume, bis sich die Milchstraße in einem entfernten Wald verliert. Während der Kosmos an dem Jungen vorbeistreift und in den Bäumen verschwindet, füllt sich der Himmel fortwährend mit neuen Sternen. Mit so vielen Sternen, daß sie die ganze Nacht an dem Jungen vorbeistreifen könnten, doch dem ist inzwischen kalt geworden.

Und der zitternde organische Dampffleck verschwindet nun selbst.

Durch Zurückrechnen wußte ich, es war am fünfundzwanzigsten August, als ein außergewöhnlich heißer Gewittersturm auf den Gipfel niederkrachte, dem ein außergewöhnlich starker Wind folgte. Der Wind hielt die ganze Nacht und den nächsten Tag unvermindert an, und ich zurrte alle Seile an meinem Zelt fest. Mit dem Wind kam ein Kälteeinbruch. Als ich am nächsten Abend ins Bett ging, fing es an zu schneien. Es war der 27. August, und das Zeug war naß und schwer und fiel pfundweise vom Himmel. Das meiste kam durch den Riß in mein Zelt geschneit, aber es blieb noch genug übrig, daß man am Morgen Wapitispuren im Schnee verfolgen konnte.

Ich hielt nicht viel von der unmittelbaren Aussicht, ein Feuer zu bauen, um mir Frühstück zu machen, also stieg ich als erstes auf die Spitze des Gipfels. Mit einem Blick wußte ich, daß ich nie wieder so viel von der Erde so schön sehen würde, und das Schöne war, daß sich das, was man kannte, mit dem, was man sah, zu einem Ganzen fügte, das mehr war als die Summe seiner Bestandteile. Was ich sah, hätte auch nur eine weitere, wenn auch eindrucksvolle Winterszene gewesen sein können. Aber ich wußte, die Erde darunter lebte, und morgen, ganz bestimmt aber übermorgen, würde alles wieder grün sein. Und weil ich das wußte, war also das, was ich sah, eine Art Tod mit dem wunderbaren Versprechen einer Auferstehung in weniger als drei Tagen. Von dort, wo ich stand, bis zur Bitterroot-Wand, die das Ende der Welt hätte sein können, existierten nur noch Verwehungen aus zeitweiligem Weiß. Hinter der Wand, so schien es völlig einleuchtend, ging es in Ewigkeit weiter mit den Verwehungen der Bitterroot-Berge und des Sommerschnees.

Noch bevor ich zum Zelt zurückkehrte, hatte die Schneeschmelze eingesetzt. Hunderte von Sträuchern hatten sich unter der Last gekrümmt wie Schlingen, die unter Spannung stehen, und jetzt schnellten sie hoch und schleuderten kleine weiße Wolken in die Luft, als würden Hunderte weißer Schneehasen in ein und demselben Augenblick in die Falle gehen.

Während ich mir Frühstück machte, hörte ich eine Uhr im Ticktack-Rhythmus wiederholen: »Jetzt machst du Schluß; jetzt machst du Schluß.« Ich hörte es, kaum daß es begonnen hatte, und kaum daß es begonnen hatte, stimmte ich auch schon zu. Ich sagte mir: »Du hast ein großes Feuer bekämpft und eine große Knarre getragen«, und ich sagte: »Du hast glitschige Stangen Dynamit aufgeschlitzt, ihnen Zündkapseln aufgesetzt und bist dann zurückgesprungen, um sie zischen zu sehen«, und dann sagte ich: »Du hast Bill beim Packen geholfen, und du hast allein die Berge beobachtet. Das reicht an Arbeit für einen Sommer. Hol dir deinen Lohn und mach

Schluß.« Ich sagte mir diese Sätze mehrere Male, um sie mir einzuprägen. Ich wußte darüber hinaus, daß die Zeit der Waldbrände vorbei war; tatsächlich hatte der Ranger mir als letztes gesagt, ich solle zurückkommen, wenn es schneite. Also ließ ich das Telephon zweimal lang klingeln, um die Ranger-Station zu erreichen; ich klingelte so oft zweimal lang, bis ich die Kurbel fast aus dem Telephon gerissen hatte, aber im Herzen wußte ich, daß der Sturm wahrscheinlich zwanzig Bäume auf die Leitung zwischen dem Berg und der Ranger-Station geschleudert hatte. Schließlich überredete ich mich, bis morgen zu bleiben, wenn der meiste Schnee verschwunden sein würde, und dann zur Station zu gehen, meinen Lohn zu kassieren und mich über den Berg nach Hamilton aufzumachen.

Allerdings übersah ich, mir zu sagen, daß es nahezu unmöglich ist, mit einem Ranger Schluß zu machen, der sauer ist, weil man seinen Koch nicht leiden kann, oder mit einer Geschichte Schluß zu machen, wenn man erst einmal eine Gestalt in ihr geworden ist. Den Rest des Tages räumte ich das Lager auf, flickte endlich das Zelt und horchte auf das Ticktack, das immer lauter wurde. Ich verstaute die Kartons mit den Konserven in Bäumen, wo der Grizzlybär sie nicht kriegen konnte. Ich hatte gesehen, wie er sie mit einem Prankenschlag pro Konserve aufgeschlitzt hatte.

Es war fast zehn Uhr am nächsten Vormittag, als ich mich zur Ranger-Station aufmachte. Es hatte keinen Zweck, früher aufzubrechen, denn erst mußte die Sonne noch ein bißchen mehr Schnee wegschmelzen. Außerdem hatte ich mich entschlossen, die Steigausrüstung mitzunehmen, in der schwachen Hoffnung, daß bei dem Sturm lediglich zwei oder drei Bäume auf die Telephonleitung gestürzt waren, und so ging ich auf Säbelbeinen mit Steigeisen und Steigriemen und schleppte außer meiner Axt und meinen sonstigen Kleinigkeiten noch Isolatoren und Telephondraht der Stärke Neun mit. Ich bezweifle, daß ich mehr als tausend Fuß an Höhe verloren hatte, bevor ich aus dem Schnee kam. Bis zu dem Punkt hatte ich auch zwei Bäume gespalten, die auf die Leitung gestürzt waren, und einmal den Draht geflickt. Vom Zählen hätte ich wissen müssen, daß ich niemals zwölf Meilen Telephonleitung an einem Tag würde in Ordnung bringen können, aber jetzt, wo ich Schluß machen wollte, überkam mich ein Gefühl fast religiöser Hingabe, und ich wünschte mir, meine Arbeit in einem Akt bewußter Pflichterfüllung zu beenden, also behielt ich die Steigeisen an den Schuhen, folgte der Telephontrasse und behielt die Leitung im Auge, die von Baum zu Baum durchhing. Wenn man eine Leitung auf diese Weise verfolgt, verliert man jedes Gefühl für die Erde, und es existiert nichts anderes als diese langgezogene Bleistiftlinie im Auge. Ich hätte keine Klapperschlange gesehen, es sei denn, sie hätte Flügel gehabt und wäre für den Winter in den Süden geflogen. Was mich betraf, so gab es keine Klapperschlangen im Distrikt Elk Summit, und falls es welche gab, so hätten sie sich längst zum Winterschlaf verkrochen, denn es war Spätsommer und hatte gerade geschneit. Man hätte meine Gedanken bis in die letzte Gehirnwindung überprüfen können, ohne auch nur die Spur einer Schlange zu finden.

Ich brauche Ihnen nicht zu erzählen, wie sich eine Klapperschlange anhört – man kann sie gar nicht verkennen. Manchmal kann man eine große geflügelte Heuschrecke für eine Klapperschlange halten, aber eine Klapperschlange kann man nie für etwas anderes halten. Ich blieb lange genug in der Luft, um mitzubekommen, wie es ins Gebüsch schoß, das häßliche Biest, kurz, ganz anders als die Klapperschlangen der Prärie und viel dicker hinter dem Kopf.

Ich weiß nicht, wie weit ich gesprungen bin, aber ich war wütend, als ich wieder landete – wütend auf mich, weil ich so hoch gesprungen war. Ich schnallte mir die Steigeisen ab, schnappte mir die Axt und folgte ihr ins Gebüsch. Ich erinnerte mich an den verrückten Schäfer im Tal, der im Sommer von einer Klapperschlange gebissen worden war, und anstatt sich in aller Ruhe um die Bißwunde zu kümmern, jagte er die Schlange, bis er sie – und sich selbst – ums Leben gebracht hatte. Ich erinnerte mich auch daran, daß die Mannschaft darüber geredet und dazu gesagt hatte, daß er selbst für einen Schäfer verrückt gewesen sein muß. Ich muß noch verrückter gewesen sein, denn am Ende dieser Erinnerung stieg ich ihr ins Gebüsch nach. Ich stieg ihr zu rasch nach und konnte sie nicht finden.

Wir kennen heutzutage den Begriff ›Happening‹, ein gutes Wort, um den folgenden Abschnitt meines Lebens zu beschreiben. Nach meiner Auffassung ist in diesem Happening nichts nacheinander passiert, und nichts in ihm läßt sich voneinander trennen: Die Schlange lag vier Fuß vor mir zusammengerollt ich ließ die Axt zwischen ihr und mir niedersausen die Schlange traf den Axtstiel der Axtstiel dröhnte wie eine Glocke die geschlagen wird und alles das geschah in einem Atemzug ohne Punkt und Komma. Dann setzte die Zeit wieder ein, denn nach diesem Geschehen fühlte ich meine Hände brennen, weil sie den Axtstiel hielten, und sie brannten so, wie einem die Hände brennen, wenn man als Kind einen Baseballschläger hält und nicht aufpaßt und ein anderes Kind angeschlichen kommt und mit seinem Baseballschläger gegen deinen Baseballschläger knallt.

Die Schlange lag da, als hätte sie nie ihre zusammengerollte Position verlassen. Sie schnarrte und starrte. Sie ließ mir kaum Zeit für den nächsten Zug, und den machte ich schnell. Ich stellte fast einen Rekord auf im Rückwärtssprung aus dem Stand. Langsam war es so, daß ich mir die meisten Gedanken in der Luft machte. Ich beschloß, falls ich wieder auf dem Boden landen sollte, wollte ich versuchen, das Brennen aus meinen Händen zu vertreiben, indem ich noch ein paar gestürzte Bäume spaltete, aber als ich wieder gelandet war, stand ich statt dessen erstarrt da und versuchte mir die Schlange bildlich vorzustellen, wie sie zuschlug – es fehlte nämlich ein Teil des Bildes. Ich konnte mich nur noch an etwa anderthalb Fuß ihres Schwanzendes erinnern, die am Boden lagen. Ihr Kopf und ihr ganzer Vorderleib waren nicht mehr im Bild. Dort, wo sie hätten sein sollen, war nur noch eine senkrechte glasige Erscheinung. Während ich weiter zurückwich, kam ich zu dem Schluß, daß etwa anderthalb Fuß von ihr auf dem Boden geblieben waren, als Basis, von der aus sie zuschlagen konnte, und was zuschlug, war zu schnell, um es zu sehen. Das Biest schnarrte immer noch, also wich ich noch weiter zurück, ehe ich mir die Steigeisen anschnallte. Als ich von nun an der Telephonleitung folgte, warf ich ein Auge und den Gutteil des anderen auf die Stellen, wo ich meinen Fuß hinsetzte.

Wer schon mal eine Strecke Telephondraht gespannt hat, weiß, daß es einen wichtigen Unterschied gibt zwischen den Steigeisen für Telephonmasten und denen für Bäume. Bei den Steigeisen für Bäume sind die Zacken ungefähr zwei Zoll länger, denn wenn man Bäume besteigt, müssen die Eisen erst durch die Rinde dringen, bevor sie Halt im Holz finden können, was auch ganz prima ist, solange die Bäume eine Rinde haben. Aber es dauerte nicht lange, und die Leitung lief über eine alte Brandstätte, vielleicht von einem der Brände von 1910, und die einzigen Bäume, die noch standen, waren längst abgestorben und hatten keine Rinde mehr – und sie waren so hart wie Ebenholz. Ich konnte meine Eisen nur einen halben Zoll in sie treiben, und so schaukelte ich auf den Spitzen meiner Steigeisen um den Baum und betete, daß der halbe Zoll halten würde. Je höher ich auf diese versteinerten Bäume kletterte, desto mehr betete ich. Nicht weit, und die Leitung führte über eine Schlucht, die 250 Yards oder mehr breit war, und es war absolut verständlich, wenn auch Pech, daß die Leitung auf einer Seite der Schlucht am Boden lag. Eine Spannweite von 250 Yards Telephondraht Nummer Neun in einem Sturm hochzuhalten, ist eine verdammt schwere Last für einen toten Baum, und einer der Bäume mit verfaulten Wurzeln war umgestürzt. Ich hackte die Leitung frei, die sich beim Sturz um den Baum verwickelt hatte, und ich flickte sie, machte sie einige Fuß länger und suchte einen neuen Baum aus, auf den ich sie hängen konnte. Dann hätte ich die Leitung fast liegengelassen und wäre am liebsten weitergegangen zur Ranger-Station, weil ich keine Lust hatte, mit der Last der Leitung auf einen toten Baum zu klettern: aber immer wenn ich mich derart drücken wollte, hatte mich bestimmt der Ranger im Visier. Also hängte ich mir den Draht über den Steiggurt, legte den Gurt um den Baum, kletterte hoch und streckte dabei den Hintern weit raus, damit ich genügend Schwung bekam, um die Eisen so tief wie möglich in den verkalkten Baum zu treiben. Sie haben sicher schon Leitungsspanner bei der Arbeit gesehen und wissen, es ist ein Job für ausgestreckte Hintern, und Sie sollten auch wissen, wieso, selbst wenn Sie nie Steigeisen angelegt haben. Wenn man die Leitung an Bäumen befestigt anstatt an Masten, muß man ein zusätzliches Hindernis nehmen – man muß sich mit dem Hintern noch weiter zurückbeugen und ein Beil schwingen, um beim Klettern die Zweige abzuhacken, denn der Gurt umspannt den Baum, und der Gurt muß mit nach oben, wenn man selbst nach oben will. Und mit nach oben müssen auch mindestens 250 Yards Telephondraht Nummer Neun, die jedesmal, wenn man die Eisen wieder einen halben Zoll in diesem Totempfahl aus Karborundum schlägt, schwerer und straffer werden. Unter einem am Baum sind die spitzen Reste der Äste, die man abgehackt hat.

Auf weniger als halber Höhe war die Leitung so straff geworden, daß sie mich vom Baum gerissen hätte, wenn ich nicht mit dem Gurt an ihm festgezurrt gewesen wäre. Aus dem halben Zoll im Holz wurde immer weniger. Dann hörte ich es splittern. Vielleicht wäre mir wohler gewesen, wenn ich keinen Gurt gehabt hätte und der Draht mich einfach über die Klippen in die Schlucht geschleudert hätte. Jedenfalls waren meine Steigeisen aus dem Totempfahl gebrochen, und ich fiel ungefähr zehn oder zwölf Fuß, bis sich mein Gurt an irgend etwas verfing, und da hing ich nun und roch Rauch, der vorne aus meinem Hemd kam, nachdem mein Bauch zehn Fuß an den spitzen Resten abgehackter Äste runtergerutscht war. Ich machte den Gurt frei und fiel wieder zehn oder zwölf Fuß tief, und so ging es weiter. Ich konnte mich nie weit genug von dem Baum abstoßen, um die Steigeisen wieder einzuschlagen, und als ich schließlich am Boden ankam, fühlte ich mich so, als hätte ein Indianer durchs Reiben zweier Holzstäbe ein Feuer entzündet und mich dabei als einen der Stäbe benutzt.

Ich hatte Angst, einen Blick unter meine Gürtellinie zu werfen, um nachzusehen, was da von mir noch vorhanden war. Statt dessen inspizierte ich die spitzen Reste der Äste, um nachzusehen, was von meinem Gemächte nun auf ewig dort baumeln und langsam zu Stein werden würde. Schließlich meldete mir die vollständige Verbreitung von Schmerz, daß noch alles von mir an ein und demselben Nervensystem hing.

Plötzlich war ich bar jeder Hingabe, und ich wußte, ich hatte alle Leitungsreparaturen vollbracht, die ich an jenem Tag machen sollte. Ich versuchte, meine Siebensachen zu einem Bündel zu schnüren, aber ich dachte nur daran, wie dick diese Gebirgsklapperschlange hinter dem Kopf war. Und wie warm es mir vorne war.

Es ging bergab zur Ranger-Station, und ich kam dort am Spätnachmittag an, noch immer nicht ganz abgekühlt. Wie ich erwartet hatte, war Bill im Lagerhaus, und er blickte nicht einmal auf, als ich eintrat. Er sagte: »Warum hast du den Posten verlassen?« Er wußte verdammt gut, warum ich zurückgekommen war – er hatte mir ja gesagt, ich solle zurückkommen, falls es schneite. Ich sagte: »Da oben gibt es Klapperschlangen.« Er grinste und schien mit sich und der Schlange zufrieden. Daß ich auf Bäume geklettert war, erwähnte ich mit keinem Wort, obwohl mein Hemd vorne zerrissen war.

Er war nicht beim Packen und Laden – er war bloß damit beschäftigt, am Ende der Saison wieder Ordnung zu schaffen. Wir redeten nicht viel miteinander, denn ich war noch wütend wegen der Schlange, und er hatte seine Freude; aber nach einer Weile konzentrierten wir uns ganz auf das, was wir taten, und so hatten wir beide unsere Freude. Vielleicht ist einer der Gründe, warum man Packer wird, der, daß man gern mit Lebensmitteln zu tun hat – und mit Werkzeugen. Um diese Jahreszeit sind die meisten Speckseiten inzwischen schimmelig, und viele Werkzeuge haben kaputte Griffe, oder ihre Spitzen und Schneiden müssen geschärft und geschliffen werden, aber das ist in Ordnung. Es ist ein gutes Gefühl, eine ehrliche Breithacke in die Hand zu nehmen, die schartig und stumpf geworden ist, weil man mit ihr Baumwurzeln abgehackt und Felsen ausgehauen hat, als eine Feuerschutzschneise geschlagen wurde, und schimmeliger Speck erweckt das Gefühl, daß er mehr als verzehrbereit gewesen ist.

Schließlich sagte Bill: »Warum gehst du zurück zu der Mannschaft, die den Weg baut? Die sind ohne dich ausgekommen, und ich brauche jemanden, der mit mir das Camp aufräumt, jetzt, wo der Sommer vorbei ist.« Dann sagte er, als hätte er die beiden Dinge im Kopf miteinander verknüpft: »Wie wär's heute abend mit einem Spiel Cribbage in der Station?« Ich sagte, na gut, wenn er mich brauche, und mir sagte ich, ich würde es noch ein oder zwei Tage aufschieben und ihm dann erst mitteilen, daß ich Schluß machen wolle. Ich spürte immer mehr, dem Leben zu entgleiten und in eine Geschichte verwickelt zu werden. Ich konnte nicht Schluß machen, selbst wenn es Zeit war zum Schluß machen.

Besonders aufs Cribbage war ich nicht wild. Da stand er nun, ein großer schwarzer Hut und ein blaues Hemd und eine kalte Bull-Durham-Zigarette, die ihm an der Lippe klebte, in seinen Holzfällerstiefeln mit doppelter Zunge und raffinierten Fransen; zu dieser Herrlichkeit kam noch hinzu, daß er der beste Packer war und wir ihn für den besten Ranger hielten, und er konnte mit großen Waldbrandmannschaften so umgehen, als ob sie und die Bitterroot-Berge ihm persönlich gehörten, und vielleicht hatte er ja auch einen Schafhirten umgebracht, und trotzdem konnte er nicht Cribbage spielen. Und wenn die Gerüchte aus Hamilton über sein Pokerspiel stimmten, konnte er weder Karten spielen, noch die Hände davon lassen. Aber die Last, die mich unmittelbar bedrückte, war das Cribbage-Spiel zu zweit mit ihm von Angesicht zu Angesicht, und ich konnte keinen einzigen in der ganzen Mannschaft dazu bringen, den dritten Mann zu machen, damit wir etwas anderes spielen konnten. Ich habe schon erzählt, daß der Koch mich hatte abblitzen lassen, und Sie können Gift drauf nehmen, daß ich es bei der ganzen Mannschaft versucht hatte, bevor ich es bei ihm versuchte.

Die Mannschaft war wie beinah jede andere Mannschaft, mit der ich im Wald gearbeitet hatte. Die Männer waren Geizkragen im Dienst. Sie kauften keine neuen Schnürsenkel, solange sie noch ein paar Knoten in die alten knüpfen konnten; sie setzten keinen Nickel in einem Kartenspiel; sie lernten, große häßliche Flicken auf ihre Hemden zu nähen; sie verbrachten den ganzen Sonntag damit, ihre Socken zu stopfen und die Flicken auf ihren Hemden zu flicken; sie horteten und pflegten ihren Heiligenschein – nur damit sie eine dickere Brieftasche zu verspielen hatten, wenn sie am ersten Abend in die Stadt einfielen. Je näher natürlich der letzte Arbeitstag rückte, desto heftiger horteten sie und pflegten ihren Heiligenschein. Als ich ins Mannschaftszelt ging, um meine Schlafrolle zu holen und sie vor der Nacht noch einmal zu lüften, traf ich den ganzen Haufen, und es war schön, sie zu sehen, besonders Mr. Smith, der mir auf die Schulter klopfte, aber ich unternahm nichts, um sie zu irgendeiner Form von Sünde zu verführen wie etwa einem Pokerspiel um Kleingeld. Ich wußte, ich war zu Cribbage verdammt, und ich hörte schon, wie Bill eine Acht und ein Siebener-Paar zählte: »Fünfzehn-zwei, fünfzehn-vier, fünfzehnsechs und ein Paar macht acht.«

An jenem Abend lernte ich, niemals aufzuhören, einen Kerl zu hassen, nur weil ich ihn eine Zeitlang nicht gesehen hatte. Bill und ich gingen noch ein bißchen vorsichtig miteinander um, aber meine zwei Wochen in der Verbannung hatten unsere Verstimmung zum Teil vertrieben. Daß Bill mich nach Sibirien geschickt hatte, hatte ihm jedoch zu keinem besseren Verständnis der Karten verholfen, und ich wußte, daß wir bald wieder in Schwierigkeiten stecken würden, falls wir kein anderes Spiel spielten. Ich bin mir sicher, daß mich mein Gefühl nicht trog; mein Irrtum jedoch lag darin, daß ich vergaß, den Koch auch weiterhin zu hassen. Er war fast fertig mit dem Geschirrabtrocknen, das Essen hatte ziemlich gut geschmeckt, besonders nach den zwei Wochen, in denen ich selbst gekocht hatte, und drei Männer erweckten den Eindruck, als müßten sie freundlich zueinander sein, nachdem wir doch gerade einen Schneesturm im August durchgestanden hatten.

Als einer jener Menschen, die oft als erste hören, was sie sagen, hörte ich mich mit Freundschaft überfrachtet sagen: »Komm, gib mir ein Handtuch, dann sind wir gleich mit dem Geschirr fertig. Und wie wär's danach mit irgendeinem Spielchen? Die Saison geht zu Ende, und wir haben uns noch nie zu dritt zu einem Spielchen zusammengesetzt.«

Er riß mir das Handtuch weg, das ich mir nehmen wollte. In seinen Segeltuchschuhen schnellte er auf die Zehen, sank zurück auf die Hacken und schnellte wieder hoch. Bis zu diesem Augenblick war ich noch nicht alt genug gewesen, um zu erkennen, daß man einen Kerl nicht hassen kann, ohne damit rechnen zu müssen, daß er das Kompliment erwidert. Bis jetzt hatte ich immer gedacht, wenn man jemanden haßte, ginge das nur einen selbst etwas an. »Wie oft muß ich dir das noch sagen – ich spiele keine Karten gegen Männer, mit denen ich zusammenarbeite.« Verschmäht lagen die Karten in meiner Hand. Er rollte das Handtuch zu einem Bündel und warf es auf das Abstellbrett. »Komm, gib mir die Karten«, sagte er, nahm sie mir aus der Hand, setzte sich an den Tisch und mischte. Die Karten schienen in Flammen aufzugehen. Er sagte: »Setz dich«, und ich gehorchte, ohne die Hand zu schließen, in der die Karten gewesen waren.

Dann tat er zwei Dinge.

Zuerst blätterte er blitzartig die Karten durch und entnahm die vier Asse. Dann steckte er sie in den Pack. Dann forderte er mich auf, den Pack abzuheben. Dann gab er die Karten, jedem ein Blatt: Bill, mir und sich. »Dreh sie um«, sagte er zu mir. Ich hatte bloß ein simples Blatt. Bill auch. Er hatte alle vier Asse.

Beim zweitenmal machte er es genauso – er entnahm die vier Asse, steckte sie zurück in den Pack, mischte, ließ mich abheben und gab uns dreien dann die Karten. »Dreh sie um«, sagte er, und in keinem Blatt war auch nur ein einziges As. Er knallte das Spiel Karten vor mir auf den Tisch. »Hier«, sagte er, »such die vier Asse.« Und er ging wieder zum Geschirr und trocknete zu Ende ab.

Gehorsam war gar nicht meine Art, aber ich gehorchte. Ich fummelte mich durch den Pack und fand kein einziges As. Dann versuchte ich es mit einer gründlicheren Suche, und schließlich gab ich auf. Während er sein Geschirrhandtuch zum Trocknen ausbreitete, sagte er über die Schulter: »Sieh in deiner Hemdtasche nach.« Da waren sie auch, alle vier. Ich breitete sie aus und zählte nach. Ich sollte noch reichlich viel Grund haben, mich an diesen Trick zu erinnern.

»Er ist ein ausgefuchster Kartenspieler«, sagte Bill mit einem Lächeln im Gesicht, ziemlich ähnlich jenem Lächeln, das er aufgesetzt hatte, als ich ihm erzählte, ich sei beinah von einer Klapperschlange gebissen worden.

Nach einer Weile fügte Bill hinzu: »Er ist ein Künstler.« Nun ja, ich war ein bißchen verdutzt, das muß ich zugeben, und es ließ sich nicht leugnen, daß er ein ausgefuchster Kartenspieler war, und im inneren Zirkel der Männermagie sitzt nun mal der ausgefuchste Kartenspieler, aber daß Bill diesen Zocker einen Künstler nannte, das konnte ich nicht akzeptieren. Ich sagte mir – diesmal glücklicherweise nicht laut: »Trotzdem, es stimmt etwas nicht mit diesem Kerl. Ich halte ihn immer noch für einen falschen Fuffziger.«

Er kam zum Tisch, setzte sich wieder neben mich, mischte und gab die Karten. Diesmal übte er nur für sich. Gewöhnlich gab er eine Runde Karten und sagte einen Satz. Wenn er es spannender machen wollte, mischte er, hob ab, gab vier Blatt und sagte dann einen Satz. Etwa so: »Ich sag dir ein für allemal, mein Kartenspiel ...« (eine Runde). »Ich lebe vom Kartenspiel ...« (eine Runde). »Ich muß im Sommer aus Gesundheitsgründen an die frische Luft ...« (eine Runde). »Ich kann keine grobe Arbeit machen, denn ich muß meine Hände geschmeidig halten ...« (eine Runde). »Ich übe jeden Abend vor dem Schlafengehen.« Dann spielte er wieder ein ganzes Pokerspiel durch, bis er mit den Worten aufhörte: »Ich spiele niemals Karten gegen Männer, mit denen ich zusammenarbeite.«

Mit einer einzigen Handbewegung schnappte er sich die vier Blatt, und wir machten uns alle auf ins Bett.

»Übrigens«, sagte Bill, als ich durch die Tür ging, »ich habe einen Plan – ich verrat ihn dir morgen.« Bevor ich einschlief, hatte ich mir den Plan im großen und ganzen ausgemalt. Aber nur im großen und ganzen.

In Wahrheit, so meine Meinung, hatte er zu der Zeit den Plan noch nicht einmal selbst richtig ausgeheckt – vielleicht auch zu keiner Zeit. Als wir am nächsten Morgen im Lagerhaus miteinander sprachen, wurde deutlich, daß er sprach, um seinen Gedanken Form zu geben. Von Anfang an war ich derjenige, der das Geld an sich nehmen sollte, und er wollte mir »Deckung geben«, was immer das bedeutete. Am Anfang meinte er auch, daß er nur zwei weitere Männer brauchte, und er traf eine für mich seltsame Wahl – Mr. Smith und ein kanadischer Soldat, der im Gaskrieg gewesen und nun zur Erholung ins Hochgebirge geschickt worden war. Er trug zwar die allererste Hornbrille, die ich je gesehen habe, an der sogar noch eine geflochtene Schnur befestigt war, doch er erwies sich als ebenso begabt wie Bill in der Verständigung mit dem Vieh. Er konnte mit allen Pferden und Maultieren reden und sie heilen, woran sie auch litten. Es muß etwas an ihm dran gewesen sein, daß Bill ihn für die schwere Arbeit, die vor uns lag, aussuchte, obwohl er doch manchmal so böse husten mußte, daß wir ihm den Whisky wegnahmen und ihn selber tranken, womit wir unserer Theorie folgten, daß es keinen Sinn habe, ziemlich guten Schwarzgebrannten an einen sterbenden Mann zu verplempern. Daß Bills Wahl auf ihn fiel, muß daran gelegen haben, daß hier ein Pferdefreund auf den anderen baute. Zuerst also zählte Bill auf uns drei und sich selbst, aber ehe der Vormittag vorbei war, hatte er sich entschlossen, die ganze Mannschaft zu nehmen. »Es ist eine ganz gute Mannschaft«, sagte er. »Da können wir keinen einzigen auslassen.« Was den Koch anging, wurde ich wieder gewarnt, jemals Hand an ihn zu legen.

Nach Bills Schätzung würden wir noch eine Woche oder etwas länger brauchen, um zum Ende der Saison die Ranger-Station in Schuß zu bringen und die Packtierkolonne zu beladen, hauptsächlich mit dem überzähligen Werkzeug von dem großen Waldbrand. Der Koch, sagte er, würde nach Hamilton reiten. Wir anderen mußten zu Fuß gehen. Kein Wunder, daß der Koch im Wald Halbschuhe aus Segeltuch trug.

Am ersten Abend in der Stadt sollten wir uns im Oxford treffen, einem Pool- und Kartenspielsalon, der laut Bericht der beste in Hamilton war. Bill wollte alle seine Kohle auf den Koch setzen. Was uns andere betraf, so konnten wir bei einer sicheren Sache einsteigen, wenn wir wollten, und mit eben der Summe, die wir beisteuern wollten. Das blieb mir und ihnen überlassen – mir blieb es überlassen, den Männern das zu sagen, und uns allen, etwas beizusteuern. Mir wurde wieder gesagt – gleich mehrere Male –, daß ich das Geld an mich nehmen müsse, falls es Ärger geben sollte, und mir wurde wieder gesagt, daß er mir »Deckung« geben würde.

»Und deine Waffe solltest du auch stets bei dir haben«, sagte er zu mir. »Gott, Bill«, sagte ich, »das kann ich doch nicht. Ich habe nur diesen 32-20er-Revolver im Gewand eines 45er. Der ist so groß wie ein Feldgeschütz. Bevor ich in der Bar wär', hätte man mich längst verhaftet.« »Tja«, sagte er, »mit Ärger mußt du rechnen.« Nach einer Weile fragte ich: »Bill, du hast doch keine andere Schußwaffe als den großen 45er, nicht wahr? Meinst du, du kommst mit der in einen Spielsalon rein?« Er antwortete: »Ich habe gesagt, ich gebe dir Deckung.«

Ich hatte schon morgens angefangen, die Bruchstücke zusammenzufügen, indem ich mich der Gerüchte erinnerte, daß Bill örtlichen Spielern in Hamilton als ein Geschenk der Natur galt. Es hieß, daß sie sogar gegeneinander antraten, um zu entscheiden, wer von ihnen ihn ausnehmen dürfe, wenn er in die Stadt kam. Also stand uns jetzt ein großes Melodram ins Haus, das vielleicht den Titel »Die Rache des Rangers« verdiente. Ich sollte vor die Mannschaft treten und sie dazu bewegen, den Einsatz größer zu machen, damit die Jungs in Hamilton, die Bill in die Pfanne gehauen hatten, noch kräftiger in die Pfanne gehauen würden. Und vor ein paar Wochen war ich noch in die Verbannung geschickt worden, weil ich gesagt hatte, daß ich dem Koch eine verpassen wollte. Und wenn die Zeit gekommen war, sollte der Koch nach Hamilton reiten, während wir zu Fuß gehen mußten.

»Na gut«, sagte ich mir, »paßt ja alles zusammen.« Aber ich setzte doch zwanzig Dollar auf den Hurensohn, und normalerweise hortete ich mein Geld genauso wie alle anderen.

Die Mannschaft brauchte so ihre Zeit, um sich für den Gedanken zu erwärmen, den Einsatz des Kochs aufzustokken. Vor allem auch deswegen, weil die Männer den Koch nicht besser leiden konnten als ich. Und dann ist im Widerstreit der Instinkte nur schwer zu sagen, ob Geiz oder Gier die Oberhand gewinnen. Die Männer hätten immer noch lieber ihre Socken gestopft, als einen kleinen Zehner zu verlieren, aber sie konnten es nicht ertragen, sich eine sichere Sache durch die Lappen gehen zu lassen. Schließlich erzählte ich ihnen, daß ich vier Asse in meiner Hemdtasche gefunden hatte. »Das ist leicht zu erklären, aber schwer zu machen«, sagte Mr. Smith. Da er die meiste Zeit seines Lebens in und um Bergwerk-Camps verbracht hatte, wußte er alles über Karten, war aber selbst nicht gut darin und spielte praktisch nie. »Er hat sie aus der Handfläche abgezogen«, sagte er. »Abgezogen? Was zum Teufel ist das?« fragte ich. Er nahm sich eine Karte und zeigte uns, wie man sie an den Kanten zwischen Zeigefinger und kleinem Finger hält, dann die Finger krümmt, mit dem Daumen zugreift und die Karte aus der Handfläche auf den Handrücken entweder schiebt oder zieht, oder auch umgekehrt, und gleichzeitig das Handgelenk umdreht, so daß jemand, der vor einem steht, die Karte nicht sehen kann. »So ist das also gelaufen«, sagte Mr. Smith, »er hatte die Karten auf dem Handrücken, und dir hat er seine Handfläche gezeigt, und als er mit der Hand an deiner Hemdtasche vorbeikam, hat er die Finger gekrümmt und dir die Karten in die Tasche gesteckt.« Er versuchte, uns den Trick vorzuführen, war aber so ungeschickt, daß wir die Karte immer sehen konnten, doch wir begriffen den Grundgedanken. Wir versuchten uns jetzt alle an der Sache, aber wir waren noch ungeschickter als Mr. Smith. Ich habe tatsächlich noch mehrere Jahre versucht, einigermaßen gut darin zu werden, aber es ist mir nie geglückt. Um uns zu überzeugen, sagte Mr. Smith: »Das habt ihr doch schon im Varieté gesehen.« Damals machte die Pantages-Tournee die Runde durch Spokane, Butte und Missoula, also hatten wir alle gesehen, wie ein Zauberer eine Karte in der Hand hält und sie dann in die Luft wirft, wo sie verschwindet. »Meinst du etwa, der Koch ist gut genug, um im Varieté aufzutreten?« fragte Mr. McBride. »Schon möglich«, sagte Mr. Smith. »Hier versuchen wir nur, eine Karte verschwinden zu lassen, aber er hat womöglich alle vier Asse auf einmal verschwinden lassen.« Jemand sagte ehrfurchtsvoll: »Herr im Himmel«, und alle beteiligten sich mit einem Einsatz.

Außerdem bekamen auch sie langsam das Gefühl, Rollen in einer Art Groschenheftkrimi zu spielen, und an dem Gefühl fanden sie Gefallen. Wenn sie sich anscheinend viel wohler als ich dabei fühlten, eine Rolle in einer Geschichte zu spielen, so mag das daran gelegen haben, daß sie an ihrer Rolle mehr Gefallen fanden, als ich an meiner zu finden glaubte. Als ich den Einsatz im Hut gesammelt hatte, stellte sich jedenfalls heraus, daß der durchschnittliche Einsatz höher war als mein eigener – sogar noch etwas höher als ein halber Monatslohn. Sobald ihre Einsätze »offiziell« waren, also nachdem ich ihr Geld an Bill übergeben hatte, versammelten sie sich jeden Abend, um dem Koch beim Kartenmischen zuzusehen; sie standen im Halbkreis um den Tisch und verfolgten ihn mit ihren Blicken wie die eingeschworenen Zaungäste auf der Rennbahn, die ihr Lieblingspferd beim Training beobachten. Da sie auf ihn gesetzt hatten, sprachen sie jetzt sogar davon, »ein Stück von ihm zu besitzen«.

Auch wenn ich, Bills Vorschlag folgend, auf der Ranger-Station arbeitete und nicht beim Straßenbautrupp, wußte ich doch, daß die Männer dort auch nicht mehr viel schafften. Für sie wie für mich war die Zeit gekommen, Schluß zu machen, und wir waren alle fertig mit dieser Saison. Das lag nicht nur an der Begeisterung, mit der wir uns hinreißen ließen, in unserer eigenen Geschichte aufzutreten. Jeder, der Saisonarbeiter gewesen ist, weiß, daß mit derselben Regelmäßigkeit, mit der die Jahreszeiten wiederkehren, am Ende einer jeden Arbeitssaison dieses Gefühl wiederkehrt: »Es ist Zeit, Schluß zu machen.« Selbst Mr. Smith schien seine Leidenschaft für Dynamit verloren zu haben.

So versuchten wir eben, uns ein bißchen zu amüsieren, um mehr oder weniger in Übung zu kommen für den ersten Abend in der Stadt. Nun weiß ich zwar, daß Holzfäller und Cowboys in der allgemeinen Vorstellung immer auf die Pauke hauen, sich mit schlechtem Whisky vollaufen lassen und den Greenhorns tolle Streiche spielen – ich habe keine große Ahnung von Cowboys, sie kommen aus dem Landstrich meiner Frau –, aber bis ich die Sache ganz an den Nagel hängte, habe ich mit vielen Mannschaften im Wald gearbeitet, und wir waren nicht Tag für Tag zu Witzen aufgelegt, und die Streiche, die wir den Greenhorns spielten, kamen ziemlich von der Stange. Zum einen arbeiteten wir viel zu hart und zu lange, als daß wir hinterher vor Witz noch hätten übersprudeln können. Zum anderen arbeiteten wir zu oft allein oder in kleinen Gruppen, als daß wir es für die passende Zeit gehalten hätten, komisch zu sein. Es ist überhaupt nicht anstrengend, traurig oder gar tragisch zu sein, wenn man müde ist und allein, aber um komisch zu sein, muß man frisch sein, muß man Zeit haben, und man muß ein Publikum haben – *und* man muß komisch sein. Und wie sehr man den Wald auch lieben mag, kann man doch nicht behaupten, daß es dort von geistreichen Naturtalenten nur so wimmelt. Verstehen Sie mich nicht falsch – wir hatten durchaus, was wir unseren Spaß nannten, aber nur zu Anlässen, die uns wie Staatsereignisse vorkamen, und dann waren unsere Witze meistens dieselben alten Witze, die oft auch noch auf unsere Kosten gingen. Ein solches Staatsereignis war es, wenn eine große Mannschaft sich zusammenhockte, besonders, wenn es aufs Ende zuging und kein Mensch mehr hart arbeitete.

Dennoch warfen wir nun langsam und sehr sachte unseren Puritanismus des arbeitenden Mannes ab und bereiteten uns auf die Sünde vor. Den Anfang machten wir bei einem Trupp des Ingenieurkorps, das ein paar Tage auf dem Gelände der Station kampierte. Die Männer erfaßten kartographisch das Hinterland, wo, wie sie sagten, »die Regierung noch nicht recht wußte, was sie den Indianern gestohlen hatte«. Ich hab mich gleich bei ihnen umgesehen, weil ich für Landkarten und was sie darstellen viel übrig hatte, die andern von unserem Haufen brauchten länger, um sich für diesen Trupp von Kartographen zu interessieren. Zum einen warteten sie jeden Abend, bis der Koch mit dem Kartenmischen fertig war. Und zum andern mißtrauten sie als Praktiker im Wald den Landkarten des Forstdienstes. Sie waren davon überzeugt, daß damals weite Gebiete des Hinterlands kartographisch von Männern erfaßt wurden, die in Zelten hockten und im Winter auf dem Regionalbüro in Missoula saßen und sagten: »Nein, er verläuft hier.« Tatsächlich war es damals so, daß wir an das Vorhandensein eines Berges erst glaubten, wenn er vom Geologisch-Topographischen Bundesamt der Vereinigten Staaten geortet und verzeichnet worden war. Also geriet unser Haufen sofort in eine Auseinandersetzung mit den Kartographen. Wir spielten uns und ihnen das Regionalbüro in Missoula vor. »Zum Teufel noch mal«, sagten wir dann, »der Creek verläuft nicht da. Der verläuft hier.« Manchmal wollten wir die Kartographen nur durcheinanderbringen, aber manchmal meinten wir es auch ernst.

Damals bereitete allerdings der Name eines Creeks den Kartographen mehr Kopfzerbrechen als sein Verlauf. Sie waren bis zum größten nördlichen Nebenfluß des Clearwater vorgedrungen, waren dabei selbstverständlich in den Wet Ass Creek geraten, und hatten sich dabei natürlich, wie der Name des Creeks verhieß, einen nassen Arsch geholt. Sie hatten seinen Lauf also akkurat geortet und verzeichnet. Möglicherweise hatten sie ihn auch mit Kompaß und Meßkette bestimmt. Aber sie waren geteilter Meinung darüber, ob sie seinen richtigen Namen auf die Karte schreiben sollten, die sie dem Zeichensaal des Regionalbüros einreichen würden. Nun, das Regionalbüro hat sich nie viel aus Witz oder Poesie gemacht, also stimmten wir lauthals in den Chor derer ein, die für den richtigen Namen votierten, und wir argumentierten, daß im Westen schon zuviel nach den Heimatorten irgendwelcher Männer aus Minnesota oder Massachusetts benannt worden war, oder gar nach den Männern selbst oder nach Tieren, nach Bär oder Rotwild. »Es gibt schon fünftausend Deer Creeks im Lande. Da wollen wir doch Amerikas einzigen Wet Ass Creek behalten«, argumentierten wir. Die Männer der Gegenseite, die schon bald das Geld eines ganzen Sommers für eine Nacht mit den Huren von Hamilton ausgeben würden, argumentierten, daß im Zeichensaal des Forstdienstes in Missoula viele Frauen arbeiteten, die es anstößig finden würden, mit ihren eigenen reinen Händen solche Worte abschreiben zu müssen.

Wir brachten die Sache zur Abstimmung, und unsere Seite

gewann, das heißt, wir glaubten eine Zeitlang, gewonnen zu haben. Es waren jedenfalls alle damit einverstanden, dem Zeichensaal den richtigen Namen weiterzureichen, und wir freuten uns schon darauf, daß die Gegend hier zum Nationalpark erklärt würde – zum Wet-Ass-Nationalpark, wo alle Pilger aus Brooklyn mitten auf der Straße ihre Autos anhalten können, um ihren Kindern die Möglichkeit zu geben, die Grizzly-Bären zu füttern und umgekehrt.

Am Ende stellte sich jedoch heraus, daß der Witz auf unsere Kosten ging. Auf der nächsten Karte des Forstdienstes stand der Name in einem Wort, und ans Wortende war noch ein e angehängt worden, das von nun an ausgesprochen werden mußte, und das a kam lautlich direkt aus Boston. Jetzt hat der Name überhaupt keine Bedeutung mehr, aber man muß aufpassen, daß man ihn richtig ausspricht: Wi-'tä-se Creek, geradeso, als läge seine Quelle auf dem Beacon Hill.

Damals mochten wir unseren Witz, und aufgrund seiner zeitweiligen Wirkung versuchten wir uns an weiteren Witzen, aber wir waren sommerschlußmüde – übrigens auch noch müde von dem großen Feuer –, und so waren auch unsere Witze müde. Wir wollten sogar den Kanadier auf die Schnepfenjagd mitnehmen; er sollte den Jutesack aufhalten, während wir die Schnepfen hineinscheuchten, aber der Kanadier war nicht in Frankreich ins Gas geraten, nur um in Idaho mit einem Jutesack in der Hand ertappt zu werden. Außerdem kamen wir so langsam in Übung für Hamilton, und wir hatten nicht die Absicht, nach unserer Ankunft dort Witze zu machen. Statt dessen hatte die Mannschaft tief im Wald eine Schwarzbrennerei, wo die Männer Schnaps brannten aus getrockneten Aprikosen, Pfirsichen und Pflaumen, die sie aus dem Lagerhaus gestohlen hatten. Der alte Mr. Smith hatte ein paar Büchsen Sterno aufgetrieben, Kohlenwasserstoffgelee für Campingkocher, und sie ließen das rosa Zeug auf der Oberfläche wegkochen und tranken, was übrigblieb, und das marschierte sofort durch sie durch, manchmal schon, noch bevor sie es aufs Klo oder in die Büsche schafften. Sie trainierten für Hamilton, und es blieben ihnen noch ein paar Tage Zeit. Ich hatte mich entschlossen, am nächsten Morgen aufzubrechen, in einem Tag nach Hamilton zu gehen und damit mehr oder weniger einen Rekord aufzustellen. Also trank ich nichts von ihrem Zeug, nicht einmal ihren Aprikosenbrand, der in einem großen Schmalzeimer destilliert wurde. Als ich den Männern sagte, ich würde sie morgen verlassen, sagten sie: »Was zum Teufel bist du überhaupt für einer? Willst du denn nicht bei der Mannschaft bleiben und mit uns die Stadt aufräumen? Was ist mit dem Koch, der für uns das ganze Geld von den großmäuligen Kleinstadtspielern in Hamilton gewinnen wird? Was sind wir überhaupt für eine Mannschaft, wenn wir nicht die Stadt aufräumen?«

Das alles waren wichtige Dinge, und Sie können sicher sein, daß ich mir darüber meine Gedanken gemacht hatte. Man war einfach keine Mannschaft, wenn man nicht »die Stadt aufräumte«, als Schlußakt der Saison. Ich weiß nicht warum, aber wenn man etwas taugt, auch dann, wenn man nicht soviel taugt, kommt es immer dazu, daß man sich nach ein paar Monaten Arbeit außerhalb einer Stadt als etwas viel Besseres als die Stadt vorkommt, die man schließlich als seinen Feind betrachtet. Die Stadt weiß gar nicht, daß es einen gibt, aber die Gedanken und Gespräche kreisen ständig um sie. Der alte Mr. Smith nahm dann immer noch einen Schluck von dem Alkohol und dem anderen Abfall aus der heißen Fuselbüchse und sagte: »Wir werden die gottverdammte Stadt auseinandernehmen.« Dann mußte er, seiner Würde verlustig, aufs Klo rennen, und dabei schrie er, daß wir es denen zeigen müßten, daß es nämlich keine härteren Kerle gebe als jene, die für den Forstdienst der Vereinigten Staaten arbeiteten.

Darüber hinaus war da noch der große Reibach, den der Koch für uns machen sollte. Wir haben ganze Abende mit Diskussionen darüber verbracht, wieviel wir wohl gewinnen würden. Die Summen variierten, je nachdem, wann wir diskutierten, ob bevor oder nachdem wir den Koch hatten geben sehen, aber gewöhnlich einigten wir uns auf eine Zahl, die ungefähr dem entsprach, was für jeden von uns der Lohn eines Sommers war. Insgeheim erhofften wir mehr.

Aber ich war darauf aus, einen Rekord aufzustellen. Seit der Ranger gesehen hatte, daß der Koch gut mit Karten umgehen konnte, und dieser mit seiner Fertigkeit mich aus meiner Favoritenrolle beim Ranger verdrängt hatte, spürte ich in mir das Bedürfnis, einen Rekord aufzustellen. Ich wünschte, es wäre beim Packen passiert und daß ich über Nacht so bekannt werden würde wie einer der Gebrüder Decker, der den allerneusten Packsattel entworfen hatte, aber in dem Hirngespinst konnte ich nicht lange leben, und die Arbeit mit Dynamit machte mich krank, also mußte es ein Fußmarsch sein. Ich wußte, in unserem Distrikt konnte ich jeden im Gehen schlagen, und im Augenblick brauchte ich ein bißchen örtlichen Ruhm, und ich brauchte ihn nötig.

Achtundzwanzig Meilen von Elk Summit bis zur Öffnung des Blodgett Canyon, zuzüglich einiger Meilen bis Hamilton, das ist keine überragende Distanz, bloß einfach eine Distanz, aber zu Fuß war es doch eine verdammt harte Strecke. Zum einen waren es Forstdienstmeilen, und für den Fall, daß Sie mit Forstdienstmeilen nicht auf vertrautem Fuße stehen, so will ich Ihnen ein einleuchtendes Beispiel aus neuerer Zeit geben. Unser kleines Familienblockhaus befindet sich in der Nähe der Mission-Gletscher, und naturgemäß heißt einer der nahen Seen *Glacier Lake*, Gletschersee, und er befindet sich am Ende der Kraft Creek Road; nur ist das letzte Stück der Schotterstraße so steil, daß man es zu Fuß zurücklegen muß. Am Anfang des Weges steht ein Schild des Forstdienstes mit der Aufschrift: »Gletschersee – 1 Meile.« Dann geht es ein gutes Stück Weg bergauf in Richtung des Gletschersees, und dann kommt man wieder an ein Schild des Forstdienstes, und auf dem steht: »Gletschersee – 1,2 Meilen.« Also ist eine gute Arbeitsdefinition der ›Forstdienstmeile‹ ein weites Stück Weg zuzüglich einer Meile und zwei Zehntel dazu, und ich wollte mehr als dreißig Forstdienstmeilen bis Hamilton zu Fuß zurücklegen, von denen etwa die Hälfte bergauf ging – bis man über den Bergziegen stand, und die andere Hälfte immer nur bergab ging, bis meine Beine betteln würden, wieder klettern zu dürfen, ich aber nicht mehr imstande sein würde, dem Wunsch nachzukommen. Der Weg war übersät mit Granitblöcken, und ich würde schon irgendwie dafür sorgen, daß Bill davon Wind bekam, daß ich den Weg an einem Tag zurückgelegt hatte.

Ich fragte Bill, als er stumm sein Cribbage-Blatt zählte:

»Wann bringst du die Packkolonne und die Männer in die Stadt?«

Er zählte erst zu Ende und sagte dann: »Du wartest, bis wir dort ankommen.« Ich wußte nicht genau, ob das eine Bitte oder ein Befehl war.

Ich nahm mir sein Blatt und zählte noch einmal nach. »Ich brauche die ganze Mannschaft«, sagte er. »Ja«, sagte ich. Und er: »Wenn du morgen noch bleibst und beim Packen und Laden hilfst, sehe ich zu, daß ich am Tag darauf gegen Mittag aufbreche und abends auf der Wasserscheide das Lager aufschlage. Du kannst am Morgen desselben Tages vor uns aufbrechen.«

Jetzt war Mittwoch, und nach seinem Plan würden wir am Donnerstag arbeiten, und ich würde Freitagmorgen aufbrechen und er würde mit den Männern Freitagmittag aufbrechen.

»Auf Wiedersehn am Samstag in der Stadt«, sagte ich.

»Samstagnacht in Hamilton«, sagte er, was eins meiner Wanderlieder werden sollte.

Lange vor Tagesanbruch benutzte ich meine Füße wie Insekten ihre Fühler, um mich auf dem Weg über die Horse Heaven Meadow zurechtzufinden. Sehen Sie mich nicht so an, sehen Sie lieber auf die Landkarte, denn mein Erfindungsgeist ist nicht so beschaffen, um sich solch einen Namen ausdenken zu können. Auch wenn man die Geschichte mit dem Pferdehimmel vergessen will, hat man immer noch eine Hochgebirgswiese kurz vor Tagesanbruch vor sich, wo es schnaubt und poltert. Es gibt da draußen viele Pferde, aber auch viele andere große Tiere. Wapitis und Hirsche ganz bestimmt. Möglicherweise Bären. Sie erwachen im Dunkeln und kommen zum Trinken von den Bergen herunter, und dann fressen sie sich langsam in höhere Gefilde, bis es heiß wird und es für sie an der Zeit ist, sich wieder hinzulegen. Ein Rasseln im Dunkeln ist das unheimlichste Geräusch von allen, aber nach einer Schrecksekunde weiß man, es muß ein stolperndes Pferd mit gefesselten Vorderbeinen sein. Wer auf hübsche Geräusche als Zeichen von Hirschen lauscht, für den gibt es nichts Hübscheres als ein Schnauben – also es sind Hirsche da draußen. Sie schnauben, und dann springen sie. Wapitis schnauben, und dann poltern sie. Bären schießen wie in einem Erdrutsch blitzartig bergauf – kein anderes Tier hat solche Kolben als Hinterbeine.

Nach Anbruch des Tageslichts lief ich immer noch durch ein Wunderland. In weiter Ferne auf grauen Felsen konnte ich die weißen Flecken erblicken, die in meinen Augen kleine Punkte waren. Der Weg wurde schon jetzt steil, und ich wußte, noch vor dem Mittag würde ich höher stehen als die Schneeziegen, und aus Erfahrung wußte ich, daß es nicht viel Höheres auf Erden gibt.

Im ersten Sommer meiner Arbeit im Forstdienst waren wir von Idaho aus über Lake Como über die Bitterroot-Berge gekommen, und in Idaho hatte die Jagdzeit für Schneeziegen schon begonnen, aber nicht in Montana, und damals konnten wir in Idaho einen Jagdschein für Einheimische erwerben, wenn wir für den Forstdienst arbeiteten. Also haben wir das alle getan und für ein paar Tage in der Nähe der Wasserscheide unser Lager aufgeschlagen um zu jagen. Bill sagte zu mir: »Du mußt nur eins machen, du mußt höher steigen als die Schneeziegen. Die glauben nie, daß irgendwas über ihnen ist.« Also mußte ich nur eins machen, höher steigen als die Schneeziegen, und das ist höher als jeder Ort, den die meisten Menschen je erreicht haben. Aber schließlich stand unter mir doch eine Ziege, am Rand einer Felswand, etwa zweihundertfünfzig Yards entfernt. Ich wußte, wenn man in solch einem Winkel bergab schießt, muß man tief unter das angepeilte Ziel schießen, aber die Schußlinie ging fast geradewegs in die Tiefe, und ich zielte bei weitem nicht tief genug. Meine Kugel schlug nicht einmal im Felsen ein. Es gab nur einen lauten Knall, der in die Ewigkeit einging. Die Ziege flüchtete wie der Blitz hinter einen Felsbrocken, wo sie sich versteckte. Von unten konnte sie jetzt niemand mehr sehen, aber für mich war sie immer noch deutlich sichtbar. Also hatte Bill recht gehabt, und hinterher dachte ich mir, es müsse großartig sein, in dem Glauben zu leben, daß von oben keine Gefahr drohe. Keine dieser Ziegen konnte Presbyterianer gewesen sein oder jemals eine Predigt meines Vaters gehört haben. Diesmal jedoch zielte ich so tief unter das Tier, daß ich schon Angst hatte, mir die Füße abzuschießen, und doch schoß ich über die Ziege hinweg; allerdings traf ich den Felsen, und ich habe mich oft gefragt, welchen Weg die Kugel von dort genommen hat. Das gilt auch für die Ziege, die vielleicht nie wieder von einem Menschen erblickt worden ist. Ich bin in der Jagdsaison zu keinem weiteren Schuß gekommen – der Mensch ist offenbar nicht dazu berechtigt, eine Ziege mehr als zweimal im selben Jahr zu verfehlen.

Ich ging mit gesenktem Kopf, denn wenn ich in die Gegend guckte, kam ich nicht weiter, deshalb nahm ich ihn zunächst auch nur als ein Schnauben, dann ein Stampfen wahr. Er stand auf dem Pfad direkt vor mir und versperrte mir den Weg, ein riesiger Elchbulle, der aussah, als wäre er fest entschlossen, nicht von der Stelle zu weichen. Wenn man damals in Montana einen Elchbullen sah, befand man sich wahrscheinlich in der Nähe der Bitterroot-Wasserscheide und nicht weit weg von einem jener Seen, die von Schneeverwehungen in den Furchen alter Gletscher übriggeblieben waren.

Dieser Bulle senkte sein Geweih und dann, möglicherweise nur zur Übung, hob er es wieder. Angekautes Spartgras stand ihm aus dem Maul. Schließlich kehrte er die Reihenfolge um und stampfte erst und schnaubte dann. Zögernd drehte er sich um und ging den Pfad zurück, langsam zuerst, aber mit der Zeit schneller werdend, als wäre er erst ganz allmählich auf den Gedanken zum Rückzug gekommen. Ich beobachtete, wie diese Beine die großen Füße baumeln ließen, die aussahen, als wären sie abgeworfen worden, und ich bin mir fast sicher, daß er ein Tier mit vier Gangarten war, wenn Sie mir zugestehen, daß ich den Elch für kurze Zeit im Paßgang sah. Warum sollte im Wunderland ein Elch den Paßgang nicht ebenso beherrschen wie das Laufen, Traben und Galoppieren?

Dann senkte ich den Kopf und verfiel wieder in meine eine und einzige Gangart. Es gab jetzt nichts anderes mehr als Granit, und da das Klettern und Atmen immer schwerer wurde, brauchte ich außer Bill noch jemand anderen, der ein Auge auf mich hatte. Ich mußte an meine Freundin denken, und schließlich erschien sie mir, als hätte ihr Bild im Wald beim Wild geruht.

Da mein Vater der presbyterianische Geistliche am Ort war, hatte ich einige Jahre in dem Eindruck gelebt, daß römisch-katholische Mädchen hübscher wären als protestantische Mädchen. Über jüdische Mädchen war ich geteilter Meinung, wahrscheinlich deshalb, weil es nur zwei jüdische Mädchen in meinem Heimatort gab, eins für jede Hälfte meiner Bedürfnisse. Das eine Mädchen hatte Klasse, spielte Klavier, war etwas älter als ich und würdigte mich keines Blickes. Das andere war jünger als ich und häßlich und tat alles, um mir zu gefallen. Sie fädelte sogar Rendezvous für mich mit anderen Mädchen ein, die mir, ihrer Meinung nach, gefallen würden. Sie hatte mich mit meiner jetzigen Freundin, einem irisch-katholischen Mädchen, zusammengebracht, deren besondere Faszination in einer tiefen Stirnnarbe lag, die einen ihrer Augenwinkel halb verdeckte, so daß sie aussah, als ob sie mich niemals richtig ansah. Jahre später kam ich dahinter, daß sie es mit dem ganzen Ort getrieben hatte, nur nicht mit mir und mit ein paar anderen Protestanten auch nicht, und nach dieser Entdeckung wechselte ich in Windeseile über zu rot- (und schwarz-) haarigen protestantischen und jüdischen Mädchen, doch damals sah ich in ihr einzig und allein die meine. Sie schaute mir aus ihrem trügerischen Auge zu, bewundernd, wie ich meinte, und so preschte ich auf dem Pfad voran.

Als ich endlich die Wasserscheide erreicht hatte, sondierte ich sorgfältig deren Mitte, verfolgte in Gedanken, was ich als die Grenze zwischen Idaho und Montana markierte und ließ dann einen kleinen Abschnitt davon real erscheinen, indem ich darauf pißte – ein sehr kurzes Stück entwässerter Grenze. Das habe ich immer auf den großen Wasserscheiden gemacht, vor allem auf der Kontinentalen Wasserscheide, wo man sich immer fragen muß, ob es nun in den Atlantik fließt oder in den Pazifik. Diese hier war nicht die Kontinentale Wasserscheide, aber sie regte doch die Phantasie an.

Dann setzte ich mich und ruhte aus, hoch über den weißen Ziegen. Ich schaute dahin zurück, wo ich drei Sommer gearbeitet hatte, und es sah fremd aus. Wenn man auf das zurückschaut, wo man einmal gewesen ist, scheint es oft so, als ob man niemals dort gewesen wäre oder sogar, als ob es einen solchen Ort gar nicht gäbe. Von den Gipfeln im Himmel war mein alter Beobachtungsposten, der Grave Peak, natürlich derjenige, den ich am besten kannte. Als ich auf dem Berg hauste, war er für mich eine schwierige Klettertour aus einem Kessel voll großer Felsbrocken und kleiner Baumstümpfe, ein Zelt mit einem schließlich geflickten Loch, vom Blitz enthauptete Bäume, kein weicher Sitzplatz weit und breit, und dazu ein Grizzly und eine Klapperschlange. Aber von der Wasserscheide aus war er von ganz anderer Wirklichkeit. Er war eine Skulptur im Himmel, unbeschwert von allen Einzelheiten des Lebens. In der Nähe meines Heimatortes gibt es einen Berg, den wir *Squaw's Teat*, die Titte der Squaw, nennen. Es ist kein großer Berg, aber er trägt den passenden Namen für den Grave Peak, wenn man diesen aus der Ferne von der Wasserscheide betrachtet. Von der Wasserscheide aus war der Berg, auf dem ich gehaust hatte, eine

Bronzeskulptur. Er war reine Form ohne allen, aber auch ohne allen Schmuck. Er war bloß Farbe, Form und Firmament. Es war, als hätte eine indianische Schönheit, bevor sie für immer einschlief, beschlossen, das entblößt zu lassen, was sie nicht für ihren schönsten Körperteil hielt. So ist vielleicht aus einer bestimmten Perspektive, was wir hinter uns lassen, oft das Wunderland, das immer anders ist, als es war, und im allgemeinen viel schöner.

Ich wollte mir die Tatsache verheimlichen, daß ich zu schnell auf die Höhen gestiegen und weitaus müder war, als ich sein wollte. Ich war diese vierzehn Meilen zum Rhythmus von »Jetzt ist Zeit, jetzt ist Schluß« gegangen, aber das Tempo hatte sich immer weiter beschleunigt, vor allem, seit meine Freundin mir mit einem halbgeschlossenen Auge zuschaute. Als ich da so in der Sonne saß, fröstelte es mich langsam, und so überquerte ich die Wasserscheide und blickte den Blodgett Canyon hinab, um zu sehen, was vor mir lag. Auch wer womöglich noch nie das Wort Geologie gehört

hat, hätte in dem Augenblick, da er den Blodgett Canyon hinabblickte, auf Anhieb erkannt, einen gigantischen Gletscherklassiker vor sich zu sehen. Tausende von Jahren muß er ein Monster aus Eis gewesen sein, das sich zischend den Weg durch die Risse in Bergen bahnte. Auf mich zu kam fast geradewegs aus der Tiefe eine Jakobsleiter in Serpentinenform, die aus einem, wie ich später erfahren sollte, von Geologen so genannten Kar emporstieg; aber mir schien es damals eher wie das Ursprungsnest eines grünen zusammengerollten Gletschers. Als dieser Gletscher ins Tal vorstieß, hatten sich die Berge geteilt. Auf den Höhen, wo er sich aus seinem Bett gewunden hatte, in das er dann zurückkehrte, hatte er einen Gipfel oder auch eine Reihe von Zinnen hinterlassen. Als er seine eigene Mündung erreichte, wälzten sich die teilweise verdauten Überreste der Berge aus seinem Schlund bis hin zum Fluß.

Es war eine große Welt und ich kein sehr großer Junge, und ich war der Meinung, es sei Zeit für ihn, sich auf die Socken zu machen, auch wenn er noch nicht lange genug ausgeruht hatte.

Ich schüttelte mich, um warm zu werden, und machte mich auf den Zickzackkurs hinunter. Ich hatte mir vorgenommen, es diesmal sachte angehen zu lassen, aber ein Zickzackweg in die Tiefe läßt einem keine große Wahl, und wenn man jung ist und vorhat, einen lokalen Rekord aufzustellen, nimmt man nicht den langen Weg mit allen seinen Serpentinen. Überall, wo der Berg sich zur Seite öffnete, nahm ich die Abkürzung und ging geradewegs hinunter, ungeachtet des sechsprozentigen Gefälles. Ich stieg ab in Steinlawinen. Lawinen neben mir, Lawinen hinter mir, Lawinen vor mir. Während es wie im Fluge bergab ging, schaute ich über die Schulter zurück, um den großen Brocken auszuweichen. Als ich spürte, daß ich mir die Schienbeine aufgerissen hatte, und ich stehenbleiben mußte, hörte ich, daß mich Bäche aus Granitpartikeln verfolgten, dann stockten und dann noch einmal einen neuen Anlauf nahmen. Nachdem ich auf dem Boden des Beckens angelangt war und dort eine Weile gestanden hatte, damit sich die Zuckungen in meinen Beinen legten, und sogar noch, nachdem alle Steinlawinen hinter mir zum Stillstand gekommen waren, fiel aus dem Nirgendwo ein großer Granitblock neben mir nieder. Ich blickte hoch und konnte keine andere mögliche Stelle finden als die Mitte des Himmels.

Am Boden des Beckens war ich schon tiefer als die weißen Flecken auf den Felsen. Auf den Felsen stand nur gelegentlich ein Baum, wo ein Vogel in eine Ritze ein Samenkorn hatte fallen lassen. Oben auf der Wasserscheide hatte ich in der Sonne vor Kälte gezittert. Hier, auf dem Boden des Gletscherbeckens, spannte sich meine Gesichtshaut vor Hitze. Begleitet von Steinlawinen aus dem Himmel, war ich abgestiegen in die Tiefe. Die Hitze machte einen gewaltigen Sprung aus dem Sonnensystem auf die Granitfelsen und sprang dann mich an. Außerdem stieg sie auf von dem Grund, über den ich ging, und ich spürte, daß ich unter meiner Gesichtshaut schwarz wurde wie Dante beim Abstieg ins Inferno.

Ich hatte mich auch noch selbst zu einem medizinischen Problem gemacht, indem ich mich weigerte, Wasser zu trinken. Da ich noch nie zuvor an einem Tage so weit zu Fuß gegangen war und auch nicht wollte, daß irgend jemand davon erführe, bis ich sicher war, es geschafft zu haben, verließ ich mich nur auf meine eigenen Gedanken. Ich dachte, wenn ich zum Fischen an den Blackfoot River gehe und es heiß ist und ich erst anfange, aus dem Fluß zu trinken, kann ich schon ziemlich bald nicht mehr aufhören zu trinken, und ziemlich bald schmeckt es auch gar nicht mehr gut, und schließlich steht mir das Wasser bis zum Hals, und mir ist fast speiübel. Ich räsonierte: »Dir darf erst gar nicht speiübel werden, also darfst du auch kein Wasser trinken.« Ich erinnere mich wohl, einen Schluck genommen zu haben, als ich mein Sandwich aß, und obwohl ich mich nicht daran erinnere, muß ich doch noch ein paar Schlucke mehr genommen haben, aber ich blieb einer Art jugendlichen und erhabenen Verleugnung des Fleisches verpflichtet. Den ganzen Nachmittag ging ich leidend die Klamm hinunter, wo über Jahrhunderte die Berge gebrüllt hatten, als sie in ihrem Gefüge barsten. Am Ende ging ich im Halbdunkel und war im medizinischen Sinne dehydriert.

Ironischerweise begleitete mich ein herabstürzender Bach hinauf zur Wasserscheide, und ein anderer folgte mir bergab. Der Blodgett Creek nahm seinen Anfang am Boden des Bekkens direkt neben der Stelle, wo ich und der große Felsbrokken gelandet waren – Quellen überall, umgeben von grünen Schwämmen. Ich zog meine Wollsocken aus und watete in einer der Quellen, um dem Fleisch, auf dem ich ging, neue Festigkeit zu geben. Das Wasser war so kalt, daß mein Herz etwas Komisches machte, und so stieg ich zurück auf den

Schwamm. Auf meinem Weg den Canyon hinab machte ich mehrere Male halt, um in dem Creek zu waten. Ich beobachtete kleine schwarze Forellen, die darin lebten und atmeten, aber ich bekämpfte, edel, wie ich meinte, den Wunsch, selbst daraus zu trinken.

Ich versuchte, an die verschiedensten Dinge zu denken, aber als ich den halben Canyon hinter mir hatte, konnte ich an nichts anderes denken als ans Trinken. Ich hatte mir vorgestellt, wie ich mir all die Dollars von dem grünen Tisch schnappte, aber mein Druck auf die Dollars lockerte sich, und ich spürte, wie sie langsam meinen Händen entglitten. Der Mann mit dem hohen schwarzen Stetson, wie der ich so gerne gewesen wäre, hatte von Zeit zu Zeit zu mir gesagt: »Und ich gebe dir Deckung«, aber ich wußte immer noch nicht, was er meinte. Ich konnte nicht einmal meine Freundin als Teil meines geistigen Lebens bewahren. Sie schaute mir zu, bis sie nur noch ihr halbgeschlossenes Auge war, und dann, wie es ein paar Jahre später wirklich geschah, zwinkerte sie mir abschließend zu und war verschwunden.

Von Zeit zu Zeit meinte ich, an der Feuerfront zu sein, wo der Himmel ein Wirbel brennender Tannenzapfen war, und ich glaubte, das Universum stehe auf dem Kopf, mit der Hölle in der Höhe. Der Weg vor mir schien voll leuchtend leichter Asche zu sein, die vom Boden aufstob, weil ich mich ihr näherte. Dann wieder war mir speiübel, und unmittelbar danach meinte ich, Dynamit zu riechen.

Aber immer wollte ich etwas trinken. Als Holzfäller wußte ich, daß ich mir einen *Boilermaker* wünschen mußte, ein Glas Whiskey mit einer Flasche Bier zum Nachspülen. Statt dessen wollte ich eine Eiskrem-Soda. Ich sagte mir, Eiskrem-Sodas sind doch was für Kinder, aber das Bild eines Boilermakers hinterließ Austrocknungsnarben. Außerdem schmeckten mir Eiskrem-Sodas, und mit siebzehn war ich insgeheim neugierig, wie Männer Gefallen finden konnten am Geschmack von Whiskey. Also marschierte ich Meile für Meile mit nichts anderem vor Augen als Eiskrem-Sodas, bei denen lediglich die Farbkombinationen wechselten – weiße Vanille, gelbe Zitrone und braune Schokolade waren mir am liebsten, aber hin und wieder schmuggelte ich Erdbeer dazwischen, kurz vor der Schokolade. Ich füllte die Gläser fast bis zum Rand mit Sprudel und ließ kaum genügend Platz für eine Kugel Eiskrem, so daß das Glas überschäumte. Ich trank sämtliche Eiskrem-Sodas, die ich machen konnte, und immer leckte ich zuerst den Schaum ab. Ich war völlig kindisch, die reinste Katastrophe, eine Tatsache, die ich vor mir zu verbergen suchte.

Als ich endlich das Licht aus der Öffnung des Canyons erblickte, sah der Felsabhang auf der Nordseite aus, als wäre er mehr als neunzig Grad gekippt.

Gleichwohl wäre ich beim Einzug in Hamilton nicht in allzu schlechter Verfassung gewesen, wenn Hamilton dort gelegen hätte, wo es in meiner Erinnerung lag, ein oder zwei Meilen weit weg von der Öffnung des Blodgett Canyons. Aber nachdem ich einmal genau hingesehen hatte, mußte ich stehenbleiben, um meinen Unglauben zu verdauen. Hamilton liegt weit draußen im Tal und flußaufwärts, und es muß fünf oder sechs Meilen von der Öffnung des Canyons entfernt sein. Fünf oder sechs Meilen, die sachte zum Fluß hin abfallen, mögen einem wie ein Kinderspiel vorkommen, aber ich saß am Straßenrand und spielte Messerstich, um meine Hände zu beruhigen. Ich dachte an die Bibel und hoffte, daß mich zwei Arme umschlössen, mich auf ein Maultier setzten und mich nach Hamilton führten, ohne daß mir noch mehr Dornen in den Weg gelegt würden. Da lag die Stadt, klar zu sehen, aber zu weit weg, als daß es einem Mann möglich erschienen wäre, sie zu Fuß zu erreichen. Ich stand zum erstenmal in einem Kampf, an dessen Ende ich mich schrecklich geschlagen geben mußte. Im Alter von siebzehn Jahren hatte ich schon in einer schönen Anzahl von Kämpfen gestanden, von denen ich die meisten gewonnen und natürlich auch einige verloren hatte, aber immer war kurz vor der Niederlage ein starker Freund, den ich vielleicht noch nie zuvor gesehen hatte, eingeschritten und hatte der Schlägerei ein Ende gesetzt. Ich hatte mich noch nie zuvor geschlagen gegeben, ohne daß jemand da war, der der Schlägerei ein Ende setzte. Wenn man bei einem Faustkampf zuschaut und sieht, daß der eine Kerl in den Beinen einknickt, daß er die Arme fallen läßt und nicht einmal mehr zurückweicht, läßt sich leicht zu einem anderen Zuschauer sagen: »Sieh dir nur den Schlappschwanz an. Der hebt nicht mal die Hände, der will nicht kämpfen.« Es ist jedoch ein Unterschied, wenn man selbst der Kerl ist, der nichts mehr in den Beinen hat, damit er die Hände heben oder zurückweichen kann.

Ich versuchte keine von den schwierigen Stellen beim Messerstich, nichts schwieriger als von der Nase und von beiden Ohren. Trotzdem half es, und allmählich wurde mir klar, warum ich hier und Hamilton in weiter Ferne war. Im Frühjahr war unsere Mannschaft mit dem Lastwagen von Hamilton zur Öffnung des Blodgett Canyons gebracht worden, die Anfangsstrecke unseres Weges nach Idaho – was macht es in einem Lastwagen schon für einen Unterschied, ob es ein, zwei Meilen oder fünf bis sechs sind? Im Frühjahr hatte ich auch nicht in den Blodgett Canyon geblickt und gesehen, wie ein Gletscher ihn gemacht und alle seine Überreste den ganzen Weg bis zum Fluß geschoben hatte. Hamilton lag am Fluß, und jetzt war mir klar, warum ich immer noch vier oder fünf Meilen zu gehen hatte.

Nachdem das nun geklärt war, stand ich auf, ließ mein Klappmesser zuschnappen und ging weiter. Manchmal bleibt einem nichts anderes mehr zu gewinnen als das Wissen, warum man eine Niederlage erleidet, und die Erkenntnis, daß einen kein anderer davor bewahren wird.

Da es nie näherrückte, solange ich zuschaute, schaute ich auch gar nicht hin, bis es da war. Ich bin Hamilton immer dafür dankbar gewesen, daß es vorhanden war, wenn auch nicht da, wo ich es erwartet hatte, so doch wenigstens, wo ich mich auskannte.

Damals war ich Hamilton auch dafür dankbar, daß seine äußerlich simple Anordnung nach einem langen Tag leicht zu begreifen war. Die Straße vom Blodgett Canyon biegt im rechten Winkel ab und geht in die Hauptstraße über, und die Hauptstraße von Hamilton heißt Main Street, und die Querstraßen, die sie im rechten Winkel schneiden, tragen Zahlen als Namen. Ich ging die Main Street hinunter bis, glaube ich, zu dem Block zwischen der Dritten und Zweiten Straße, wo ein Drugstore war. Dort nahm ich zwei Eiskremsodas zu mir, eine weiße Vanille und eine gelbe Zitrone, und ich bestellte noch eine dritte, eine Schokoladensoda, um meine Lieblingsfarbenfolge zu komplettieren, aber der Drugstore-Angestellte sagte: »Mein Sohn, ich glaube, du solltest jetzt nicht noch eine zu dir nehmen.« Ich wäre am liebsten hinter die Theke gegangen und hätte den Mann mit dem Kopf zuerst in seinen Schokoladeneisfach gesteckt, besonders, weil er mich »Sohn« genannt hatte, aber ich tat es nicht, und ich kann nicht behaupten, mich eines Besseren besonnen zu haben. Ich hatte einfach nur überall ein seltsames Gefühl.

Alles ging jetzt rasend schnell, so auch der Arbeitsschlußrhythmus, von dem ich mit Sicherheit angenommen hatte, daß er nach meinem Einzug in die Stadt erst langsamer werden und dann ganz aufhören würde. Statt dessen wollte ich jetzt alles, was ich den ganzen Sommer über machen wollte, gleich und sofort machen. Ich wollte das China-Restaurant finden, von dem alle Bitterroot-Männer im Wald sagten, es sei das beste Eßlokal in der Stadt, und ich wollte diesen Oxford-Spielsalon finden, um die Schlepper und Zocker bei der Arbeit zu beobachten, und schließlich wollte ich ein Hotel finden, um mein Gepäck abzustellen, mich zu waschen und vielleicht etwas hinzulegen, bevor ich in der Stadt einen draufmachte. Daran, mich eine Weile hinzulegen, war ich allerdings am wenigsten interessiert, also fragte ich jemanden auf der Straße nach dem Chinesen, und ich glaube, das Lokal war im selben Block, auf der Hauptstraße zwischen der Dritten und der Zweiten Straße.

Der Chinese an der Kasse trug eine seidene schwarze Jacke, ein weißes Hemd und eine schmale schwarze Krawatte, und er musterte mich und meine Flicken und Packen und mein Haar, das seit drei Monaten nicht geschnitten worden war. Er hatte offensichtlich nichts übrig für Gäste vom Forstdienst aus Elk Summit, aber ohne seine Worte abzuwarten, ging ich nach hinten und setzte mich in der Nähe der Küche an den kleinsten Tisch im Raum. Auf den anderen Stuhl legte ich mein Gepäck, mein Gast, gewissermaßen. Eine weiße Kellnerin brachte mir die Speisekarte. Ihre Stimme war rauchig, und sie war die erste Frau, die ich den ganzen Sommer über gerochen hatte, und sie roch nach Frau. Ich konnte nicht lesen, was auf der Speisekarte stand – vielleicht kannte ich die Namen der chinesischen Gerichte nicht, oder vielleicht konnte ich auch nicht gut sehen. Die Kellnerin kam mehrere Male zurück und musterte mich. Schließlich dachte ich: »Ich bin dreckig«, also fragte ich sie nach der Herrentoilette, und dort wusch ich mich mit kaltem Wasser und wischte mich mit einem Handtuch ab, das bei jedem Knopfdruck zwei Handbreit aus dem Kasten kam. Ich machte mir das Haar naß, aber mein Kamm steckte im Gepäck, und so hatte ich nasses und strähniges Haar, als ich an den Tisch zurückkehrte, und trotz kaltem Wasser fühlte ich mich nicht wohler in meiner Haut.

Sie stand schon bald wieder am Tisch, sah immer noch besorgt aus und fragte schließlich: »Meinen Sie wirklich, daß Sie jetzt bestellen wollen? Warum warten Sie nicht noch eine Stunde oder so mit dem Essen?«

Nie im Leben hätte ich Hamilton erreicht, wenn das meine Maxime gewesen wäre. Ich sagte: »Nein, ich möchte jetzt bestellen.« Sie muß gewußt haben, daß sie für mich bestellen mußte. Sie fragte: »Würden Sie nicht gerne mal das probieren ...?« Und was sie dann nannte, endete immer auf Suey oder Mein. Ich sagte dann jedesmal: »Ja, gerne.« Ich war überhöflich in meinem Bemühen, ihr zu zeigen, daß ich trotz meines Aussehens in solchen Klasse-Lokalen wie China-Restaurants eigentlich wirklich zu Hause war. Ich sagte nur immer wieder: »Ja, gerne«, bis sie ihren Stift in die Bluse steckte und in die Küche ging.

Kaum war ich allein, wurde mir so speiübel, daß ich mich krank fühlte. Ich weiß nicht, ob ich wußte, daß mir so speiübel war. Ich wußte nur, daß die Welt aus zwei Hälften bestand – innerhalb und außerhalb eines China-Restaurants – und daß ich mich bestimmt besser fühlen würde, wenn ich nur an irgendeinen Ort kommen könnte, an dem ich eben jetzt nicht war. Das Oxford konnte ich auch später noch suchen.

Als die Kellnerin endlich kam, sagte ich: »Würden Sie mir bitte die Rechnung bringen?« Sie erschrak und sagte: »Aber Sie haben ja noch gar nicht gegessen.« Ich sagte: »Das weiß ich. Sie brauchen mir bloß die Rechnung zu bringen.« Sie sagte: »Würden Sie bitte einen Augenblick warten?« Und dann ging sie, nicht in die Küche, sondern an die Kasse, wo sie mit dem Chinesen mit der schmalen Krawatte sprach.

In meinem Innern lief alles zum Kotzen schnell ab, und draußen stand alles zum Kotzen still. Ich fragte mich, wie lange ich wohl noch auf meine Rechnung warten konnte, um dann an die frische Luft zu stürzen. Ich konnte sogar erraten, was hinter der Kasse geflüstert wurde. Alle Holzfäller hatten so ziemlich den gleichen Streich auf Lager, den sie Chinesen an der Kasse von Restaurants spielten. Wenn vier oder fünf

Holzfäller zusammen gegessen hatten, ging einer von ihnen gemächlich nach vorne und sagte zu dem Chinesen: »Er zahlt für mich«, wobei er in die Richtung des Tisches zeigte. »Er«, wobei er wieder in dieselbe Richtung zeigte, »hat eine Wette gegen mich verloren.« Dann schlenderte er hinaus, und das ging so weiter, bis nur noch einer übrig war, der gerade genug Geld auf den Zahlteller legte, daß es für sein eigenes Essen reichte. »Was zum Teufel soll das heißen? Ich und für die anderen bezahlen? Die kenn ich ja kaum.« Ich war zwar allein, aber klar als einer vom Forstdienst zu erkennen, und ich hatte ein Essen bestellt, versuchte aber nun, das Restaurant zu verlassen, bevor das Essen noch auf dem Tisch stand. Es war ein etwas anderes Holzfällerspiel, aber es mußte ein Spiel zwischen einem Holzfäller und einem Chinesen sein, bei dem der Chinese zu verlieren hatte. Die Kellnerin stürmte an mir vorbei in die Küche und sah überdeutlich nicht in meine Richtung.

Ich konnte nicht länger abwarten, bis alle mit allen anderen geredet hatten. Ich stand auf, und meiner Meinung nach war ich ganz gut, weil ich mich nämlich an mein Gepäck erinnerte. Die Küchentür ging auf, und bis zu dem Zeitpunkt wußte ich nicht, wie viele Chinesen in einem chinesischen Restaurant arbeiten. Ganze Familien, von kleinen Kindern bis zu alten Männern, und alle hatten ein Schlachtermesser in der Hand. Sie folgten mir langsam zur Kasse. Die Kellnerin stand verschreckt völlig allein da. Sie dachte: Jetzt hab ich's getan.

Ich sah mir die Rechnung mehrere Male an, um mich zu vergewissern, daß sie nicht mehr betrug als der Silberdollar in meiner Hand, und dann legte ich beides neben die Kasse auf den Tisch, und ich weiß noch, was ich dabei dachte: daß ich nämlich mit dem Bezahlen der Rechnung dem Chinesen einen unergründlichen Streich spielte. Ich streckte die Hand nach dem Wechselgeld aus, warf dabei das Glas mit den Zahnstochern um und sank dann langsam in einer Wolke von Zahnstochern zu Boden.

Ich erinnere mich nicht an den Aufschlag auf dem Boden.

Ich erinnere mich erst wieder an eine rauchige Stimme und den Geruch einer Frau, und als ich die Augen öffnete, spürte ich mehr, als daß ich es sah, wie die Kellnerin mir das Gesicht mit einer nassen Serviette abwischte, und ich habe mich auf der Stelle in sie verliebt. Wo immer ich auch gewesen war, war ich sehr einsam gewesen, und ich habe mich auf der Stelle in sie verliebt, weil sie sich über mich beugte. Die Chinesen standen im Kreis herum und reckten die Hälse, und was sie sahen, machte ihnen angst. Der Chinese mit der schmalen Krawatte war unglücklich, weil es in seinem Lokal passierte. Die Kellnerin strahlte immer nur lächelnd über das ganze Gesicht und sagte: »Wir haben einen Arzt gerufen.«

Ich dachte, es würde noch eine Weile dauern, aber als ich wieder die Augen öffnete, hatte er schon meinen Brustkorb abgehört und hob mich hoch, um auch meinen Rücken abzuhören. Als er sah, daß ich wach war, stellte er mir Fragen. Er war ein alter Mann, er trug einen Stetson, und wir wußten alle auf der Stelle, daß er gut war. Niemand sagte ein Wort, es sei denn, auf Fragen des Arztes, und der Arzt wußte, daß wir alle Angst hatten, und er wollte uns so schnell er konnte sagen, daß wir keine Angst zu haben brauchten.

Er zog mir das Hemd zurecht, und bevor er es zuknöpfte, sagte er: »Es waren diese gottverdammten Eiskremsodas.«

Er redete mit uns allen, nicht nur mit mir. Er sagte, es sei so gewesen: Ich war zu weit zu Fuß gegangen; es war sehr heiß, und ich hatte nichts getrunken. Dann hatte ich zwei gottverdammte Eiskremsodas getrunken. So erklärte er uns, was medizinisch passiert war. Er sagte, mein Blut habe sich wegen der »Anstrengung« (er sagte »Anstrengung«) hauptsächlich in meinen Extremitäten befunden – in Armen und Beinen und Muskeln. Dann habe ich zwei gottverdammte Eiskremsodas getrunken, die kalt gewesen seien, und so sei das Blut schlagartig von außen nach innen geströmt, wodurch in meinem Kopf eine Blutleere entstanden und ich ohnmächtig geworden sei. Er sagte, keine Sorge, spannen Sie ein, zwei Tage aus, und Sie werden sich so gut wie vorher fühlen. Wir meinten alle, alles verstanden zu haben, und wir waren stark erleichtert.

Er war ein Kleinstadtarzt, und ich habe nie einen Großstadtarzt nach seiner Meinung über die medizinische Erklärung des Kleinstadtarztes gefragt. Ich bin mir jedoch sicher, daß kein Großstadtarzt je gesagt hätte, was der Kleinstadtarzt dann zu mir sagte: Er sagte nämlich: »Sie kommen morgen vormittag in meine Praxis, haben Sie gehört? Falls Sie morgen nicht kommen, müssen Sie für meinen abendlichen Besuch zahlen. Wenn Sie morgen kommen, brauchen Sie weder für morgen noch für heute zu zahlen. Ich will nur wissen, daß Sie wohlauf sind.«

Dann löste sich der Kreis langsam auf, und die Leute halfen mir bei der Suche nach dem Wechselgeld, das mir bei meinem Sturz aus der Hand gefallen war. Der Arzt sagte zu dem Chinesen in der Seidenjacke: »Schaffen Sie ihn in ein Hotel.« Was dann kam, weiß ich nicht mehr. Ich bin entweder ohnmächtig geworden oder einfach eingeschlafen.

Doch gleich beim Aufwachen wußte ich, ich mußte in einem Hotel sein. Ich stand auf, sah nach meinen Kleidern, die auf einem Stuhl lagen, und mein Gepäck stand in einer Ecke, und in einer Tasche war ungefähr die Summe Geldes, die ich noch haben mußte. Ich wußte, ich hatte eine Weile geschlafen, aber ich wußte auch, es war noch eine lange Zeit bis zum Tagesanbruch. Ich ging wieder ins Bett, um mir Klarheit über mich und meine Umgebung zu verschaffen.

Als erstes versuchte ich herauszufinden, wie es um mich stand, aber es dauerte nicht lange, bis meine Umgebung sich meine Aufmerksamkeit erzwang – allerdings nicht, bevor mir klargeworden war, daß es der frühe Morgen des Samstagabends in Hamilton sein mußte. Es war noch zu früh am Morgen, um zu wissen, was ich von dem Abend halten würde, wenn es dann soweit wäre, aber mir war ziemlich scheußlich zumute, wenn ich an die vergangene Nacht dachte, als ich mit Zahnstochern im Haar vor einer Kasse hinfiel. Soweit ich wußte, war noch nie ein Mensch in Ohnmacht gefallen, von Frauen abgesehen, und die auch nur in Büchern. Persönlich kannte ich überhaupt keinen Menschen, der in Ohnmacht gefallen war. Plötzlich fühlte ich eine jener großen Wellen von Traurigkeit, die mich nur selten überfallen. Ich hatte es ohne Probleme von Elk Summit herunter geschafft, nur um mich in einem China-Restaurant auf den

Boden zu legen. Jetzt war nichts mehr übrig, was sich Bill erzählen ließ über einen Tag, an dem es vierzehn Meilen bergauf und vierzehn Meilen bergab gegangen war und dann noch fünf oder sechs Meilen zu gehen blieben. Der kommende Abend würde der letzte Abend sein, den der Ranger, der Koch und die Mannschaft und ich zusammen verbringen würden. Ich riß mich zusammen und sagte: »Heute abend muß ich schon gut sein, und der verfluchte Koch muß doch ohnmächtig werden.« Ich erforschte mich noch ein bißchen weiter: »Wenn ich mich doch ein bißchen besser fühlte – ich fühle mich nicht übel, aber ich habe Angst aufzustehen, den Flur hinunterzugehen und es herauszufinden.«

Ungefähr hier griff meine Umgebung ein. Ein dicker Arsch verschob die Wand neben meinem Bett und gab mir einen Stups. Ich richtete mich kerzengerade auf, wie es in Romanen heißen würde. Es mußte ein Arsch sein, aber wie zum Teufel kam der durch die Wand? In meinem Zimmer war trübes Licht, und ich musterte die Wand. Sie bestand aus Segeltuch, ungelogen. Genauso wie die andere Wand, aber die Wand neben mir beulte sich ab und zu aus, als ob der Gletscher, der den Blodgett Canyon gemacht hatte, nebenan im Gange war. Plötzlich erinnerte ich mich gewisser Dinge, von denen die beiden älteren Herren, Mr. Smith und Mr. McBride, gesprochen hatten. »Das ist hier ja wie ein Wildwestpuff aus der guten alten Zeit«, dachte ich mir, »mit Trennwänden aus Segeltuch zwischen den Pimperpritschen.« Ich schaute und lauschte, und nachdem ich gesehen und gehört hatte, was im Nebenzimmer vor sich ging und sich teilweise in meines ausdehnte, sagte ich: »Was zum Teufel heißt das, wie ein Wildwestpuff der guten alten Zeit? Es *ist* einer.«

Zuerst hatte ich geglaubt, es müßten mehrere Leute in der Kammer nebenan sein, aber schließlich rechnete ich alle Faktoren zusammen und sah als Lösung einen Zuhälter und seine Nutte, die bettauf und bettab bumsten, dabei gelegentlich aus der Bahn gerieten und dann wieder zurückfanden, wobei sie Zinnen und Gipfel auf meiner Wand hinterließen. Leider war es nur sein Arsch, der die schönen Umwege machte; ihrer mußte auf klarem Kurs geblieben sein, da er mich niemals stupste, und schließlich begriff ich auch, warum das so war. Sie redete die ganze Zeit mit eintöniger Stimme, und während sie bumsten, redete sie davon, daß er auch mit anderen Nutten gebumst hatte. In jenem Jahr war ich, es hatte sich eben so ergeben, sehr empfänglich für Rhythmen, und ich stellte schließlich fest, daß ich das, was sie sagte, skandieren konnte. Wenn ich verständliche Zäsuren durchgehen ließ, so sprach sie in Blankversen.

Ich hatte in jenem Jahr einen Englischkurs bei der berühmtesten Lehrerin unserer High-School belegt. Sie war sehr gut, aber vielleicht ein wenig überspannt, was Poesie und Schüler anging. Jedenfalls war es kaum Winter, als sie zu dem Schluß kam, ihre Oberstufe könne Sonette schreiben; also stellte sie uns das als Aufgabe. Damals wußten Oberstufenschüler in Montana zwar, wo ein Sattelgurt aufhört und ein simpler Riemen anfängt, hatten aber keinerlei Kenntnis von einer Oktave und einem Sextett: nachdem mir nun mehrere Tage zunehmend schlechter zumute geworden war, ging ich mit meinem Problem zu meiner Mutter, die mich aufmerksam anschaute, um sich zu vergewissern, daß ich ein Problem hatte, und dann sagte: »Nach dem Abwasch helfe ich dir.« Also setzten wir uns an einen Tisch, und ich hielt ihre linke Hand und sie schrieb das Sonett mit ihrer rechten Hand, während ihre linke Hand zitterte. Ihr Sonett hieß »Über Miltons Blindheit«, wovon ich noch nie etwas gehört hatte. Das Gedicht wurde von den Englischlehrerinnen der Missoula County High School für sehr gut erachtet, es erhielt im Mai den Preis als bestes Gedicht des Schuljahres und wurde im Schuljahrbuch abgedruckt, mit einem keimfreien Photo von mir gleich daneben. Meine Mutter war sehr stolz auf mich, bestand aber in ihrer ruhigen Art darauf, daß ich nach dem Abendbrot zu Hause bliebe, bis ich wenigstens das richtige Skandieren gelernt hätte; also saßen wir wieder am Tisch, diesmal mit Milton oder Shakespeare, und wieder hielt ich ihre linke Hand, und mit der rechten Hand schlug sie den Takt im Rhythmus der betonten Silben. Dann schrieben wir unsere eigenen Zeilen in jambischen Pentametern, und in unseren Blankversen gab es, anders als bei Milton oder Shakespeare, nie irgendwelche rhythmischen Unebenheiten oder Reste. Wir schrieben: »Unsterblich, Milton, Seelenbauer mein« und ähnliche Zeilen, die von sämtlichen Oberstufenschülern in Montana skandiert und als Dichtung erkannt werden konnten. Jedenfalls dann, wenn sie bis fünf zählen konnten.

Zuerst hatte ich den Rhythmus von nebenan nicht aufgenommen. Sie war offenbar noch in der Aufwärmphase und redete in ganz gewöhnlichen gereizten Flüchen wie »Du mieser Mistkerl« und so weiter. Aber dann widmete sie jedem

Fall seiner Untreue ihr gegenüber eine Strophe, und jede Strophe schloß mit dem Satz: »Du bist so schleimig wie Kutteln im Topf.« Diese Zeile gefiel ihr wohl, denn sie gebrauchte sie als eine Art Refrain, und dieser Refrain ließ mich das Metrum erkennen, so daß ich erst daran erkannte, daß sie in jambischem Pentametern sprach, wenn auch mit rhythmischen Sprüngen und Überhängen, also mehr Milton und Shakespeare als Mutter und ich. Offenbar hatte ihr Kerl sie nicht nur betrogen, sondern auch aller Welt davon erzählt, denn sie hatte noch eine Folge von Versen, die sie immer mit dem Satz beschloß: »Du bist wie'n kleiner Spatz, ganz Maul und Arsch.« Was sie über seinen Mund sagte, konnte ich nicht verifizieren, denn er war anderweitig viel zu beschäftigt, um ihn überhaupt aufzukriegen, aber um seinem großen Arsch auf die Spur zu kommen, brauchte man bloß meine Wand zu betrachten. Der Arsch wälzte sich meine Wand herunter wie eine Welle und sprang wieder hoch wie eine Regenbogenforelle.

Ich hatte gerade über ihre vergleichende Bildlichkeit nachdenken wollen, als ich wohl eingeschlafen sein mußte, möglicherweise eingelullt von ihren Rhythmen, denn als ich aufwachte, ganz bestimmt bedeutend später, war von nebenan kein Muckser zu hören. Daß ich eingeschlafen war, machte mich nervös, und ich überlegte, ob diese Geschichte von einem Zuhälter und seiner Hure und vor allem diese jambischen Pentameter nicht ein Traum gewesen waren, in dem sich der Rhythmus meiner Krankheit verzerrt fortgesetzt hatte. Draußen auf dem Flur ging so etwas wie ein Marschieren vor sich, das schwand und dann wiederkam. Ich wartete die Phase des Verschwindens ab, bevor ich den Kopf hinaussteckte, und ganz klar, das mußte er sein, obwohl nichts weiter als ein haariger Arsch zu sehen war, doch der war selbst im Gaslicht zu erkennen. Als er sich am Ende des Flurs umdrehte, lag sie in seinen Armen, und ihr kleiner Arsch und ihre Knie formten sich zu einem V. Offenbar machten sie noch einen kleinen Spaziergang, um noch ein bißchen Luft zu schöpfen, bevor die richtige Nachtarbeit begann. Sie kamen den Flur entlang auf mich zu, und irgendwie konnte ich meinen Hals nicht einziehen. Sie gingen direkt an meiner reglosen Nase vorbei und steuerten dann ihr Zimmer an. Er war ein Mann, der völlig hinüber und viel zu verliebt war in seine Arbeit, um mich zu bemerken, aber sie war eine kleine Hure, die so gemein aussah, wie man sie nicht alle Tage zu sehen bekommt; und ganz egal, was sie und dieser große Affe machten, sie konnte bestimmt gleichzeitig noch an zwei oder drei andere Dinge denken, mich eingeschlossen. Sie verdrehte sich halb den Hals auf den Schultern, um mich von oben bis unten zu mustern. Dann drehte sie noch weiter auf und sagte: »Leck mich am Arsch«; also sprach sie immer noch in Versen, obwohl ihr niemand Punkte für Originalität geben wird, nachdem sie einen der berühmtesten Sprüche unserer Sprache vom Stapel gelassen hatte.

Die alten Holzfäller haben immer von einem »wandelnden Hurenhaus« geredet, und jetzt wurde klarer, was sie meinten. Ich wollte gerade als nächstes sagen: »Die ganze Nacht huschten die Huren durch das Hotel«, aber mir ist noch rechtzeitig eingefallen, daß Huren nicht huschen. Eine Hure war beinahe von der anderen Seite durch meine Wand gekommen. Sie war so nahe daran gewesen, durchzukommen, daß jemand versucht haben mußte, sie durch die Wand zu schmeißen.

Sie wissen, es ging mir nicht besonders gut, als dies alles passierte, und schließlich bin ich eingeschlafen und erst am Vormittag wieder aufgewacht, als ich mir sehr erholt vorkam. Jedenfalls steckte ich voller Rhythmen. Zu meinem Rhythmus vom Arbeitsschluß gesellten sich dauernd jene meiner Nachbarin von nebenan. Und das waren lauter Jamben. Doch derjenige, der jetzt am lautesten hämmerte, war: »Samstagabend in Hamilton.« Ich wußte nicht, wie dieser Rhythmus hieß, aber er klang etwa wie: »Dies ist der ursprüngliche Wald.«

Nachdem ich mich – ein bißchen wackliger als gedacht – angezogen hatte, machte ich einen Probegang über den Flur und legte mich wieder hin. Schließlich verließ ich das Hotel, um zu frühstücken, und ich suchte ein Lokal, das nicht das China-Restaurant war, denn ich fürchtete, daß die Kellnerin, in die ich mich am vergangenen Abend verliebt hatte, im Tageslicht nicht besser aussehen würde, als ich es mir vorstellte. Ich fand ein griechisches Restaurant, und ich bin nie wieder in das China-Restaurant gegangen, weil ich mir meine ersten Gefühle für die dortige Kellnerin bewahren wollte. Mit der Speisekarte vor mir dachte ich lange Zeit nach und bestellte am Ende Tee und Toast. Die Miene dieser neuen Kellnerin ließ ahnen, daß sie sich nicht auf den ersten Blick in mich verliebt hatte, und daß in diesem Restaurant, in dem hauptsächlich Handwerker verkehrten, Bestellungen für Kurz- und Schnellgerichte nicht besonders willkommen waren, vor allem, wenn sie mit Tee statt mit Kaffee serviert werden sollten. Um alles noch zu verschlimmern, schaffte ich zwar den Tee, nicht aber den Toast.

Dann machte ich mich auf die Suche nach der Arztpraxis, die ich in einem Gebäude abseits der Hauptstraße fand, wo die Mieten niedriger waren. Das Wartezimmer war klein und überfüllt, und die Luft darin muß die Luft gewesen sein, um die herum das Haus einst gebaut worden war. Die Leute saßen auf den bloßen Sprungfedern von Couchen, und der Arzt hieß Charles Richey, M.D., wie es spiegelverkehrt auf dem Fenster stand.

Dr. Richey praktizierte keine komplizierte Form der Medizin. Er trug seinen schwarzen Stetson in der Praxis und widmete jedem Patienten ungefähr fünf Minuten. Er steckte den Stetson aus seinem Behandlungszimmer, zeigte mit dem Finger auf einen Patienten und wedelte dann mit dem Finger. Als ich an der Reihe war, hatte er schon seine Kopfhörer auf, noch bevor ich in seinem Zimmer war. Er sagte kein einziges Wort, und er jagte mir Angst ein, als er immer wieder dieselbe Stelle auf meinem Brustkorb abhörte. Schließlich riß er sich die Hörer aus den Ohren und bemühte sich, wie schon am vergangenen Abend, etwas Aufmunterndes zu sagen, sobald er sich seiner Sache sicher war. Er sagte: »Ihnen fehlt nichts.« Dann fragte er, wo ich wohne, und ich antwortete mit »Missoula«, und er riet mir, lieber noch eine Nacht in Hamilton zu bleiben. »Treten Sie noch ein Weilchen etwas kürzer«, sagte er, »und lassen Sie sich ja nicht auf eine Schlägerei ein.«

Ich war ein besonders unkomplizierter Fall, und er hatte

mir nur noch eines zu sagen. Er sagte: »Das waren diese gottverdammten Eiskrem-Sodas. Von jetzt an trinken Sie gefälligst nichts anderes mehr als guten Whisky.«

Das schien mir ein guter Rat zu sein, und da er außerdem umsonst war, habe ich ihn, als Ausdruck meiner Dankbarkeit, seither immer befolgt.

Ich wollte mich noch bei ihm bedanken, aber er wedelte mit seinen Finger schon wieder den nächsten Patienten herein.

Auf dem Rückweg in mein Zimmer hielt ich Ausschau nach einem anderen Hotel, und ich sah auch eins, das Luxus für fünfundzwanzig Cent die Nacht versprach (doppelt soviel mit Bad). Als ich gerade mein altes Zimmer betreten wollte, um meine Sachen zu packen, merkte ich, daß das Zimmer meiner Nachbarin weit offen und sie selbst nackt vor einem Spiegel stand und einen Hut aufprobierte. Sie half ihrer Körpergröße mit hochhackigen Schuhen und einem riesigen Hut nach, den sie in diese und jene schräge Stellung kippte, aber als sie mich sah, nahm sie den Hut ab, um sich die Sicht nicht zu verdecken. Was sie zu mir sagte, hatte sie schon einmal zu mir gesagt, und somit ließ es sich selbstverständlich immer noch skandieren. Nachdem ich in mein Zimmer gelangt war, mußte ich mich wieder hinlegen. Ich lag da und hoffte, daß meine Nachbarin von nebenan und der Koch sich eines Tages menschlich begegneten. Was den Ausgang anging, war es mir völlig egal, wer verlor.

Später raffte ich mich und meine Sachen zusammen, ging nach unten und fand keinen Menschen, bei dem ich bezahlen konnte. In dem Hotel wurde wahrscheinlich nicht pro Zimmer abgerechnet. Ich weiß nicht mehr, ob es an der Anstrengung des Umzugs lag, aber als ich in meinem neuen Zimmer war, mußte ich mich wieder ausstrecken. Ich rollte mich auf die Seite, und zum erstenmal, seit ich im Frühjahr von zu Hause weggegangen war, fühlte ich die Sicherheit, die der Kontakt mit einer verputzten Wand gibt, und zum erstenmal seit mehreren Tagen hätte ich fast verschlafen. Als ich aufwachte, wußte ich, ich hatte keine Zeit, das Erwachen zu genießen. Ich wußte, noch bevor ich auf meine Armbanduhr gesehen hatte, daß Bill und die Mannschaft bald ankommen mußten oder auch schon angekommen waren, und zwar aus dem Camp am Big Sand Lake in der Nähe der Wasserscheide. Ich wusch mir das Gesicht mit Wasser aus einem Krug, aber das Wasser war abgestanden, so schal wie die Erkenntnis, daß ich nichts darüber zu sagen haben würde, den Weg von Elk Summit an einem Tag zu Fuß zurückgelegt zu haben.

Als ich endlich zu dem Korral an der Straße zum Blodgett Canyon kam, die der Forstdienst als Pferch nutzte, lud Bill bereits die Tiere ab, und der Koch und der Kanadier saßen im Schatten einer unbewohnten Blockhütte, die der Forstdienst in ein Lagerhaus umgewandelt hatte. Da die übrigen Männer noch nicht eingetroffen waren, war klar, daß der Koch und der Kanadier geritten waren, während die übrigen Männer, einschließlich Mr. Smith mit kleinen Altersschritten, noch irgendwo zu Fuß unterwegs waren. Kein Mensch konnte darüber meckern, daß der Kanadier geritten war und jetzt einfach dasaß, ohne Bill beim Abladen zu helfen – er konnte von Glück sagen, noch am Leben zu sein, nachdem ihn ein Pferd aus dem Canyon heruntergebracht hatte. Was den Koch anging, so hätte man ihn am liebsten mit einem Tritt Beine gemacht, aber jeder Mensch, der auch nur einen blassen Schimmer vom Wald hatte, hätte sich beherrscht. Im Wald sind die Köche als Könige des Camps bekannt, und sie sitzen auf dem Thron, denn im Wald ist das Essen das, was am meisten zählt im Leben. Im Wald wird so verdammt hart gearbeitet, daß man den Rest des Tages damit verbringt, Energie zu tanken, und außerdem, wenn man im Forstdienst, der noch nie für seine Löhne berühmt war, gerechte Belohnungen sucht, ißt man am besten, soviel man kann, wenn man schon dabei ist, und genießt es auch, wenn möglich.

Also ist es so, daß im Wald alle anderen alles tun, was getan werden muß, aber der verdammte Koch kocht lediglich und redet mit dem Boss.

Ohne ein Wort zu sagen, luden Bill und ich die Tiere ab, sattelten sie ab und schleppten die Lasten, die Sättel und die durchgeschwitzten Satteldecken ins Lagerhaus, direkt am Koch vorbei, der im Schatten saß und Fliegen klatschte.

Schließlich führten Bill und ich ein Gespräch. Im Forstdienst werden nur sehr wenige Sätze zu Ende gesprochen, weil man entweder schnaufen oder wieder Atem schöpfen muß, oder weil die Männer, die im Wald arbeiten, eben keine solchen sind, die ständig ihre Sätze zu Ende sprechen. Bill nahm einem Maultier die Last von einer Seite ab, und ich nahm die von der anderen Seite ab.

Er fragte: »Wie hast du...?«

Und während mir die Last auf die Schultern rutschte, schnaufte ich: »Ich hab's...«

Was wahrscheinlich, wenn wir genügend Luft und die Neigung gehabt hätten, unsere Sätze zu Ende zu sprechen, etwa so geklungen hätte. Frage: »Wie hast du es zu Fuß von Elk Summit geschafft?« Antwort: »Ich hab's geschafft, aber keine weiteren Fragen mehr.«

Wir müssen einander verstanden haben, auch ohne die Sätze zu Ende zu sprechen, denn es fiel kein weiteres Wort, bis die Mannschaft in den Korral geschlichen kam. Die Männer krochen versprengt durch die Gatter des Pferchs und setzten sich neben dem Koch und dem Kanadier in den Schatten; dann sagten sie alle gemeinsam kein einziges Wort. Mir lag besonders Mr. Smith am Herzen, dem ich auch am Herzen lag, und es war schmerzlich zu sehen, was für kleine Schritte er machte und wie weiß vom Schweiß sein Hals war über seinem karierten Halstuch, dort, wo er gewöhnlich dunkel war von alten Adern.

Während die Mannschaft ausruhte, fütterten Bill und ich die Tiere. Es war September, und man kann nicht den ganzen Sommer Packtiere über die Bitterroot-Wasserscheide führen und erwarten, daß sie von dem Gras am Wegesrand überleben. Bill sagte zwar nicht, daß er stolz auf sie war, aber gab jedem einen Klaps aufs Hinterteil, wenn das Tier in sein Futter schnaubte. Am Ende des Sommers sahen sie gut aus.

Nachdem er mit den Tieren fertig war, wandte er sich den Männern zu. Er und Mr. Smith führten das Gespräch allein, obwohl ich nicht glaube, daß sie die Sache schon vorher ausbaldowert hatten. Bill sagte: »Wir sind eine Mannschaft, aber wir wollen nicht zusammen in einem Haufen auftreten, bis wir uns im Oxford treffen. Das würde schlecht aussehen.«

Mr. Smith fragte: »Wann brauchst du uns, Bill?«

Bill sagte: »Kommt so zwischen halb zehn und zehn in diesen Oxford-Laden spaziert.«

Mr. Smith zeigte bemerkenswerte Erholungskräfte für sein Alter. Er nahm sein Halstuch ab und wischte sich den Hals. Er schien die ganze Zeit mit Bill zu reden und nicht mit uns. »Bill«, sagte er, »du übernimmst das Kommando im Pokerraum, und ich stelle mich an die Tür und kümmere mich um alles, was aus dem Poolraum da reinzukommen versucht.«

Bill sagte zu mir: »Du mußt dir das Geld schnappen, falls irgendwas schiefgeht.« Und dann fügte er wie immer hinzu: »Ich gebe dir Deckung.«

Mr. McBride hatte Bill etwas zu sagen, und das war wesentlich. »Du mußt dafür sorgen, daß wir um Geld spielen und nicht um Chips. Auf dem Weg nach draußen werden wir womöglich keine Chance haben, Chips einzulösen.«

Bill sagte: »Ihr müßt einspringen, wo es uns ans Leder geht. Ihr seid eine gute Mannschaft, und wir wollen nicht zu viele Pläne.« Mr. Smith pflichtete ihm bei: »Das stimmt. Für das, was wir machen, wollen wir nicht zu viele Pläne.«

Dann meldete sich der Koch zu Wort und fügte eine seiner imposanten Reden hinzu. »Ihr müßt euch darüber klar sein«, sagte er, »daß ich beim Geben nur selten mit Tricks arbeite. Wenn ich nur gewänne, wenn ich selber die Karten gebe, wäre ich schon längst tot. Abgesehen von ein oder zwei Spielen pro Abend bin ich ein Wahrscheinlichkeitsspieler« (ein Ausdruck, den ich zum allererstenmal hörte). »Ich bin ein sehr guter Wahrscheinlichkeitsspieler, und ich müßte vorne liegen. Wenn aber nicht, dürft ihr nicht die Geduld verlieren. Es wird das eine gute Blatt kommen, und ihr müßt bereit sein.«

Also hatte der Koch das letzte Wort, wie er es wohl auch geplant hatte. Es gefiel ihm, der Mittelpunkt des Dramas zu sein, und es gefiel ihm, Bills Favorit zu sein. Mr. Smith und ich tauschten mit einem Blick unsere Abneigung gegen ihn aus. Dann zerstreuten wir uns schon bald, wie angeordnet, und auf dem Heimweg in mein Zimmer machte ich halt in meinem neuen Restaurant, wo ich nicht besonders gelitten war, und fragte die Kellnerin, ob sie einen kleinen Mehlsack für mich erübrigen könne. Sie schien mich jetzt besser leiden zu können und kam aus der Küche zurück und sagte, nein, sie hätten keinen Mehlsack, aber sie hätten einen Zehnpfund-Zuckersack, und den zeigte sie mir, und das Wort ZUCKER war vom Waschen noch nicht verschwunden. Ich sagte: »Das ist prima. Das ist besser als Mehl.« In Wirklichkeit schien mir ZUCKER gerade richtig, denn ich wollte den Sack, um unsere großen Gewinne darin einzusacken. Es ist komisch, wie viele nichtkomische Witze wir uns selbst erzählen.

Ich war lange nicht mehr in meinem Zimmer gewesen, also legte ich mich aufs Bett, als ich zurückkam, und freute mich immer noch über meinen Zuckersack, als ganz plötzlich alles in die Brüche ging. Ich sage »ganz plötzlich«, aber lange Zeit hatte ich nur so getan, als wüßte ich nicht, daß ich fürchterlich eins auf die Fresse kriegen würde, wenn ich auf den Tisch faßte, um das Geld einzusacken. Ich hatte Bill schon immer im Verdacht gehabt, mehr auf Stunk als aufs Geld aus zu sein, aber von Zeit zu Zeit ermunterte ich mich dadurch, daß ich die Mannschaft unterschätzte und sie lediglich für geldgierig und nicht für kampfgeil hielt, für Männer, die ihre Gewinne einstreichen würden und dann abhauten, um sich zu besaufen. Mir war nicht völlig klar gewesen, wie sehr ich geliefert war, bis ich gesehen hatte, daß die ältesten Männer der Mannschaft, Mr. Smith und Mr. McBride, ebensosehr wie Bill auf eine Schlägerei setzten und unabhängig von ihm einen nahezu identischen Plan ausgeheckt hatten. Als ich mich für kurze Zeit von Mr. Smith verabschiedete, erfuhr ich tatsächlich, daß die Schlachtpläne der Mannschaft nicht bei den großmäuligen Kleinstadtspielern haltmachten. Er sagte nämlich: »Wir werden die Stadt aufräumen. Erst knöpfen wir uns die großmäuligen Spieler vor, dann die Ranchhelfer und dann die Huren.«

Wenn wir das alles machten, würden wir mit teuflischer Gewißheit die Stadt aufräumen, soweit wir sie kannten. Soweit wir wußten, bestand die Stadt aus Häusern, aber wir wußten nicht genau, was sich, wenn überhaupt, in ihnen befand. Die uns offenstehenden Etablissements waren bevölkert von Zockern, Ranchhelfern und Huren. Zählt man noch ein chinesisches und ein griechisches Restaurant dazu, so hat man das, was die Stadt für uns war. Sie werden bemerkt haben, daß Mr. Smith und ich von »Ranchhelfern« sprachen und nicht von »Cowboys« – im Forstdienst nannten wir die Cowboys Ranchhelfer, um zu zeigen, was wir von ihnen hielten. Ich sagte zu Mr. Smith: »Die Huren sind womöglich am härtesten von allen.« Er lachte durch seinen Schnauzbart, der dunkler war als sein weißes Haar; er hoffte, daß das der Fall sein würde.

Es hätte bei mir allerdings gar keine Zweifel daran geben dürfen, daß wir auf schwere Scherereien gefaßt sein mußten. Schließlich stand ich am Ende meines dritten Sommers im

Forstdienst, hatte also schon zweimal zuvor dieses herbstliche Ritual zur Abschlußzeit mitgemacht. Zweimal zuvor hatte ich gesehen, wie ein wilder Catcherhaufen von wandernden Saisonarbeitern sich durch den Akt des Großreinemachens in der Stadt in Blutsbrüder verwandelt hatte. In diesem herbstlichen Ritual aus der Frühzeit des Forstdienstes wurde mit allem aufgeräumt – wir räumten die Stadt auf, und die Stadt räumte mit uns auf. Wenn das Ritual beendet war, konnte hinterher alles mit feierlichen Namen bedacht werden – *Die Mannschaft, Zeit zum Schlußmachen, Wir räumen die Stadt auf.* Alles an uns war größer als zuvor, nur unsere Barschaft nicht.

Zu der Zeit hielt ich das Große Feuer nicht mehr für wichtig, aber bevor alles dies zu einer Geschichte wurde, wurde mir eines klar: Das Große Feuer ist das Sommerfest, und mit dem Aufräumen der Stadt geht im Herbst alles zu Ende. So einfach ist das – man vergißt niemals die Männer, mit denen man gemeinsam das große Feuer bekämpft und die Stadt aufgeräumt hat.

Als ich auf dem Bett lag, konnte ich jedoch nicht erkennen, wie ich eine Schlägerei vermeiden sollte. Es führte kein Weg an einer vorbei, wußte ich jetzt, und ich werde auf den Tisch fassen müssen, um mir das Geld zu schnappen. Ich werde beide Hände brauchen, um es einzustreichen und in dem Zuckersack zu verstauen, was mir jetzt gar nicht komisch vorkam, und mein Kinn wird in die Gegend ragen für jeden, der es mit einem Schlagring an den Fingern zertrümmern möchte. Ich lag mehrere Stunden auf dem Bett, und es fiel mir nichts ein, wie ich mich schützen könnte, und was noch schlimmer war, ich wußte, ich hatte schon oft über dieses Problem nachgedacht, es aber immer wieder verdrängt, weil mir selbst in halbwachen Träumen nichts zu meiner Verteidigung einfiel. Jetzt war meine letzte Chance zum Nachdenken, aber auch nach Einbruch der Dunkelheit hatte ich immer noch keinen Einfall. Bloß Empfindungen. Ich hatte immer das Gefühl, daß ich, wenn ich nach dem Geld griff, von der Seite einen Schlag aufs Kinn erhielt, ohne sehen zu können, wer mich getroffen hatte. Als nächstes spürte ich, wie mir Blut aus dem Inneren meines Kopfes die Kehle herunterrann.

Ich behaupte nicht, daß mir die Prügel oder das Blut besonders gefallen hätten, aber am meisten nahm mich das Gefühl mit, keinen Finger rühren zu können. Es war, als wäre ich wieder ein kleiner Junge, der in einen dunklen Raum geschickt wird und darauf wartet, vom Vater eine Tracht Prügel zu bekommen. Es war ein Ort ohne Einfälle. Schließlich sagte ich mir: »Lieg doch wenigstens nicht hier in der Dunkelheit rum. Geh rüber und schau dir den Laden mal an.« Ich weiß nicht, ob ich mit irgendwelchen neuen Einfällen rechnete, aber ich bin zumindest hingegangen, um mir den Laden anzusehen.

Das Oxford war jene Kombination aus Billard-, Pool- und Kartenspielsalon, die für viele Männer im Westen die Heimat fern der Heimat war. Nach der Eingangstür kam man am Tresen und am Tabakstand vorbei; der Bursche hinterm Tresen sah so aus, als ob er wie der Besitzer aussehen wollte. Ich bestellte und bekam auch eine Flasche Bier, hausgebraut, aber wenn ich ein Glas Schwarzbrand verlangt hätte, hätte ich wahrscheinlich auch das bekommen. Dann schlenderte ich durch die große Tür ins Spielzimmer. Der Raum vertiefte sich nach hinten in geometrischen Mustern. Je mehr er sich nach hinten vertiefte, desto höher stiegen die Einsätze und desto tiefer sanken Sünde und gesellschaftliche Rangordnung. Die großen Rechtecke der Billard- und Pooltische im Vordergrund verkürzten sich in der Distanz zu runden Kartentischen. Die Zimmerdecke blieb im Dunkel verborgen; jeder grüne Tisch leuchtete unter seinem eigenen Lampenschirm. Der große Raum verengte sich zu einem kleinen, leicht höhergelegenen Raum, in dem ein einziger leuchtender grüner Tisch stand, der nahezu von Dunkelheit umgeben war. Hier stand, am Ende des Raumes, der Pokertisch.

Ich arbeitete mich langsam nach hinten vor und tat dabei so, als drehte ich gemächlich meine Runde, während ich nur mein schales Bier trinken wollte. Der Billardtisch war für die Elite der Sportsfreunde gedacht, die fünfundzwanzig Cent die Stunde zahlen konnten. Der Tisch war in gutem Zustand, und die beiden Spieler waren gut; sie spielten Dreibandenbillard. Der Zuschauer neben mir klatschte Beifall, als sie eine schwere Kugel spielten, und er flüsterte mir zu, daß der eine Spieler der beste Friseur der Stadt und der andere Vizepräsident der Bank sei. Dann verriet er mir mit noch leiserem Flüstern und noch größerer Achtung, daß sie beide übereingekommen waren, jeden Abend um neun mit dem Spiel aufzuhören, weil jeder eine Frau hatte, mit der er einige Stunden verbrachte, bevor er nach Hause ging zu seiner Ehefrau.

Die Poolspieler und -tische waren so miserabel, daß kein Mensch zuschaute. Die Kugeln müssen aus Beton gewesen sein, und das Gummi in den Banden derart ausgeleiert, daß die Spieler, um der Kugel überhaupt Schwung zu geben, zu stark stießen. Wer ein Gewehr abfeuerte und dabei Kopf und Schulter so hochriß wie die Spieler, wenn sie ihren Stoßball ins Rollen brachten, hätte den Grave Peak um mehr als hundert Yard verfehlt. Wenn sie einen Fehlstoß machten, sagten sie: »Verdammt noch mal« und rieben die Spitzen ihrer Queues mit Kreide ein. Erbärmliche Poolspieler kann man überall erkennen – es sind diejenigen, die immer »Verdammt noch mal« sagen, immer ihre Queues mit Kreide abreiben und immer die Köpfe hochreißen, wenn sie einen Stoß machen – und das kann keine Kreide heilen. Auf dem Schießstand wird so etwas »zurückzucken« genannt. Ich schob mich weiter und kam an die ersten Kartentische.

Das Oxford war keine Ausnahme. Die ersten Kartentische sind immer für die regelmäßigen örtlichen Kartenspieler bestimmt – nicht für die Zocker, sondern für die Verkäufer der Bekleidungsgeschäfte und die Lieferboten, die jung geheiratet haben und es sich nicht leisten können zu verlieren, aber die Finger nicht von den Karten lassen können. Also tun sie so, mit Hilfe des Hauses, als ob sie nicht zocken und schon gar nicht verlieren. Sie spielen langsame Spiele, in denen sie ständig verlieren, aber niemals einen Haufen Geld im »Blattumdrehn«, wie beim Poker. Die, denen ich zusah, spielten »Panguingue« und Pinokel, und sie spielten um »Chits«, wie man die Bons nannte, nicht um Chips. Für ihre Chits hatten sie richtiges Geld bezahlt, als ob es Chips wären, aber wenn sie die Chits wieder ans Haus zurückverkauften, erhielten sie nur Metallmarken, mit denen sie hausgebrautes Bier kaufen oder Pool spielen konnten. Das Haus tat sogar so, als ob es ihnen für die Benutzung des Tisches nichts berechnete, aber während ich noch dastand, kam ein Angestellter vorbei und nahm einen Chit aus dem Topf. Wenn man zählt, wie oft der Hausdiener im Jahr einen Chit aus dem Topf nimmt, wird man wahrscheinlich sehen können, daß nicht die Zocker, sondern die Lieferboten, die so tun, als spielten sie gar nicht um Geld, die Kleinstadtspielsalons finanziell am Leben erhalten.

Als ich am Pokerraum vorbeikam, tat ich so, als nähme ich einen Schluck aus meiner Bierflasche, damit sie mich nicht richtig erkennen konnten. Sie waren zu dritt, und sie taten auch so, als ob. Sie taten so, als spielten sie Poker gegeneinander, und sie studierten ihre Karten, und sie strichen mit der linken Hand über ihre gestapelten Chips. Es war eine klare Sache, daß sie zum Haus gehörten und das Spiel bloß in Gang hielten als Lockvögel für irgendeinen Saisonarbeiter mit einer Lohntüte vom Forstdienst oder einer Schafranch. Sie waren alle drei gleich angezogen, und sie waren alle angezogen wie Bill Bell – schwarze Stetson-Hüte, blaue Hemden, und aus ihren Hemdtaschen hingen gelbe Tabakstränge aus Beuteln der Marke Bull Durham. Ich fragte mich, ob alle Kerle in der Bitterroot-Gegend, die sich für hart hielten, eine Art Uniform trugen, denn auch der Arzt trug ja einen schwarzen Stetson. Sie taten so, als stünde niemand im Gang, während sie, gesichtslos, unter ihren Hutkrempen ihre Karten studierten; dann hoben sich leicht ihre Krempen fast wie eine einzige, und die Männer blinzelten darunter hervor. Was es zu der todsicheren Sache machte, daß sie Schlepper waren, die für das Haus arbeiteten, war, daß kein Mensch ihnen beim Spiel zusah. Jedermann im Westen weiß: wenn kein Mensch dem Pokerspiel zusieht, ist das Pokerspiel nicht echt. Das Pokerspiel ist der magnetische Nordpol, und selbst wenn ein Schafhirte mit seinem Sommerlohn in das Magnetfeld gezogen wird, bildet sich ein Kreis darum.

Da ich nicht wollte, daß sie einen guten Blick auf mich werfen konnten, schob ich mich weiter. Aber dann wiederum konnte auch ich auf sie keinen guten Blick werfen – was ich links und rechts neben meiner gehobenen Bierflasche hauptsächlich sehen konnte, waren die Krempen ihrer Hüte und ihre gekrümmten Kreuze, die ihre Karten verdeckten. Ihre schwarzen Hüte waren zwar schwarz, aber nicht wie Bills schwarzer Hut grau vom Staub. Gekrümmte Kreuze sehen immer breit aus, aber eins sah mindestens so breit aus wie Bills. Ich nannte ihn in Gedanken die Breiteste Krempe und die beiden anderen Breite Krempe und Breitere Krempe, so wie bei Oliven die kleinste Klasse immer als »groß« bezeichnet wird. Viel mehr war sonst von ihnen nicht zu sehen, nur ihre Hände noch, die aussahen, als ob sie sich unbeholfen zu geben versuchten, um mich so zum Einstieg in das Spiel zu verleiten.

Etwas hatte mich verlockt, aus dem Bett zu kriechen und schnüffeln zu gehen, obwohl ich nicht viel erfahren hatte. Mein erster leibhaftiger Anblick der großmäuligen Kleinstadtspieler war nicht viel anders als mein geistiges Bild von großmäuligen Kleinstadtspielern – sie hatten kein Gesicht, aber sie hatten ein Auge auf mich. Eins hatte ich allerdings garantiert erfahren – daß es ein langer Weg war vom Pokerraum hinten bis zur Eingangstür vorne, und ich bleute mir ein, falls wir in einer Schlägerei den Rückzug antreten mußten, auf die Flanken zu achten, von wo möglicherweise jemand mit dem dicken Ende eines Queues zuschlagen konnte.

Ich war nervös, und ich war zu früh gekommen, und obwohl ich mich immer noch nicht besonders fühlte, wurde mir langsam klar, daß ich seit dem Aufbruch von Elk Summit noch nichts Richtiges gegessen hatte. Ich ging über die Straße in das griechische Restaurant mit der Kellnerin, die mich nicht leiden konnte. Die Kellnerin hatte Dienst, wischte mit ihrer Schürze einmal kurz über den Tisch und sagte, als hätte zwischen uns immer völliges Einverständnis geherrscht: »Heute abend werden Sie aber etwas essen. Seit Sie in der Stadt sind, haben Sie überhaupt noch nichts gegessen.«

Ich sagte: »Genau das habe ich mir auch gedacht.«

»Ich hole Ihnen eine Suppe, während Sie sich die Speisekarte ansehen«, sagte sie. »Bestellen Sie auf jeden Fall Fleisch. Das wird Sie wieder stark machen.«

Ich dachte die ganze Zeit, als sie in der Küche war, über sie nach. Ich war nicht vorbereitet auf diesen jähen mütterlichen Umschwung der Ereignisse, und wenn man verletzt ist, vergibt man nicht so schnell. Sie sah auf die Suppe, die sie mir hinstellte, und sagte: »Ich glaube, ich weiß, wo Bill Bells Hund ist.«

Die Suppe dampfte, und ich freute mich, daß sie gut duftete, denn das bedeutete, es ging mir besser, und so habe ich einen Augenblick wirklich nicht gehört, was sie sagte. Als ich es dann hörte, fragte ich: »Kennen Sie Bill Bell?« Jetzt hatte sie nicht gehört. »Sie müssen etwas mit viel Fleisch bestellen.« Sie half mir überlegen, und nach langen Überlegungen entschieden wir uns für das, was wahrscheinlich jeder gewählt hätte – einen Hamburger, rot und mit Zwiebeln, aufgrund einer Theorie, die wir beide teilten, daß rot und Zwiebeln einen stark machen. Als sie aus der Küche zurückkam, nachdem sie die Bestellung weitergegeben hatte, sagte sie: »Ich kenne Bill Bell nicht, aber ich weiß, wo sein Hund ist. Hat Ihnen die Suppe geschmeckt?« »Sie war gut und heiß«, sagte ich und überließ es ihr, ob sie weiterreden wollte.

Während sie die Suppentasse abräumte und Kräckerkrümel vom Tisch wischte, sagte sie: »Ich komme von einer Schafranch in der Nähe von Darby, und ich habe gehört, daß sein Hund auf einer Schafranch in der Nähe von Hamilton ist. Ich kann Ihnen sagen wo.«

Diesmal blieb sie ziemlich lange weg, da sie wartete, bis der Hamburger fertig war. Ich wußte, daß sie wahrscheinlich recht hatte, was Bills Hund anging. Wie Bill selbst war auch der Hund eine der Legenden des Bitterroot-Tals. Er hatte zwar einen Namen, aber alle Welt nannte ihn »Bills Hund«. Von allen Menschen mochte er Bill am liebsten, aber es gab für ihn noch eine sogar höhere Verpflichtung – er fühlte sich Schafen verpflichtet. Im Frühling folgte er Bill in den Wald, und besonders gern war er bei Bill, wenn dieser mit Tieren arbeitete oder abends sein Lasso kreisen ließ, aber Mitte Juli rief ihn eine innere Stimme, und dann war er verschwunden, und wenn es Herbst wurde, fand Bill ihn immer bei irgendeiner Schafhürde.

Als Schäferhund war er spezialisiert auf Kojoten. Kojoten sind gerissene Tiere, aber gerissene Tiere, wir und Kojoten eingeschlossen, haben weitaus mehr eingefleischte Gewohnheiten als wir meinen. Die Schafhürde befindet sich gewöhnlich im Tal an einem Creek oder in der Nähe einer Quelle, und der einzelne Kojote taucht gewöhnlich auf einer nahen Bergkette auf und jault ganz höllisch und macht ein fürchterliches Theater, und der Schäferhund, seiner eingefleischten Gewohnheit folgend, jagt dem Kojoten nach, und selbstverständlich verkrümelt sich der Kojote hinter den Bergen. Wenn dann der Hund mit hängender Zunge über die Bergkette geflogen kommt, ergibt es sich gerade so, daß dort drei oder vier Kojoten nur darauf warten, ihn zu empfangen. Nur wußte der erste Kojote nicht, daß Bills Hund eben gerade auf drei oder vier Kojoten lauerte.

Bills Hund sah aus wie in zwei Hälften geteilt, denn Kopf und Schultern stammten vom Pit Bull, und die verbleibende Hälfte, mit der er rannte, stammte vom Greyhound. Wahrscheinlich kam nichts im Tal ihm an Geschwindigkeit und Wildheit gleich. Eigentlich fühlte er sich weniger den Schafen als solchen verpflichtet als den Schafhürden, wo er Kojoten töten konnte. Ein jedes Schaf im Tal betrachtete es als ein Privileg, zu seiner Unterhaltung beizutragen.

Die Kellnerin kam zurück und fragte: »Wann bricht Bill morgen nach Elk Summit auf?« »Ich kann nur vermuten«, antwortete ich ihr, »aber ich vermute, so gegen Mittag.« »Ich will versuchen, ihm seinen Hund noch vormittags zu bringen«, sagte sie, »aber falls ich es nicht schaffe, hier ist ein Zettel, auf dem die Ranch steht, wo er ist, und wie man da hinkommt. Werden Sie Bill den Zettel geben?«

Ich nickte und steckte den Zettel in meine Hemdtasche. »Also kennen Sie Bill gar nicht?« fragte ich. Ich zerschnitt den Hamburger in vier Teile, und selbst dann war er noch groß, und ich mußte meinen Mund weit aufmachen. Sie sagte: »Nein, ich komme aus Darby, und ich bin weggelaufen, weil ich nach Missoula wollte.« Missoula war meine Stadt. Es ist die größte Stadt in der Gegend und liegt in der Nähe der Mündung des Bitterroot River, und Hamilton liegt nach Größe und Entfernung dazwischen, aber näher bei Darby als bei Missoula. »Aber«, sagte sie, »ich kriegte hier in Hamilton einen Job als Tellerwerferin, und so bin ich irgendwie nie bis Missoula gekommen.«

Da ich immer noch versuchte, meinen Mund weit aufzusperren, redete sie weiter. »Ich bin in der Bitterroot-Gegend zu Hause, also weiß ich, auch wenn ich Bill Bell nicht kenne, über ihn und seinen Hund Bescheid.«

Sie hatte dunkelrotes Haar, und vielleicht standen ihre Zähne ein bißchen weit auseinander, aber sie sah gut aus und sie sah kräftig aus, und es war nicht schwer, sie sich auf einer Schafranch vorzustellen. Ihr Gesicht und ihr Hals waren übersät mit Sommersprossen, die von einem Leben im Freien zeugten, und sie wurden sogar noch dichter, sowie sie in Richtung ihrer Brüste verschwanden.

»Ich weiß, daß Sie für Bill arbeiten«, sagte sie und sagte dann, als hätte sie es schon einmal zu sagen versucht, »und ich weiß auch, daß Sie heute abend mit großem Ärger rechnen müssen.«

Ich legte das restliche Sandwich-Viertel auf den Teller. »Woher wissen Sie das?« fragte ich.

»Männer essen hier«, antwortete sie. Ich sah auf die Uhr und sagte: »Ich muß jetzt gehen.« Sie sagte: »Sie haben Ihr Sandwich nicht aufgegessen.« Ich versicherte ihr: »Es hat gut geschmeckt, aber ich muß mich jetzt auf den Weg machen.«

»Na schön«, sagte sie, »aber Sie dürfen Bills Hund nicht vergessen.« »Bestimmt nicht«, versicherte ich ihr.

»Passen Sie gut auf«, sagte sie, »daß Sie Bills Hund nicht vergessen. Ich möchte, daß Sie heute abend an ihn denken.«

»Sie hören sich pfiffig an«, sagte ich ihr.

»Nein«, sagte sie, »ich bin ja noch nicht in Missoula gewesen.«

Das Bitterroot-Mädchen, das mich zur Tür begleitete, war ungefähr in meinem Alter, und das spürten wir beide. »Bis dann und viel Glück«, sagte sie. Dann rief sie mir nach: »Vergessen Sie nicht, Bill zu sagen, daß der Zettel von mir ist, aber Sie dürfen nicht draufgucken.«

»Das sage ich ihm«, rief ich zurück, und dann verbannte ich mein ganzes Leben aus meinen Gedanken, bis sich alles nur noch um einen Pokertisch drehte.

Ich konzentrierte mich derart intensiv, daß ich mich noch an alle Ereignisse erinnere, als wären sie gestern abend passiert.

Es war kein Mensch in der Bar, abgesehen von dem Kerl hinter der Theke, der so aussah, als sollte er jeden Augenblick den Laden verlieren, der ihm womöglich gehörte. Einen Augenblick meinte ich, es käme kein einziges Geräusch aus dem Raum nebenan. Dann folgten einem Krachen ganz plötzlich mehrere dumpfe Töne, als hauchten die Billardkugeln aus Beton beim Aufprall auf die schlappen Banden ihr Leben aus. Es mußten also noch zwei Poolspieler geblieben sein.

»He, Kleiner«, knurrte der Barkeeper, »was meinst du eigentlich, wo du hingehst?«

Ich war spät dran, und ich war beunruhigt, weil aus dem

Raum nebenan nur eine ganz bestimmte Folge von Geräuschen drang, also versuchte ich, mich mit Höflichkeit an ihm vorbeizumogeln.

»Ich bin da drin mit ein paar Freunden verabredet«, sagte ich.

»Komm mal her«, sagte er. Da packte mich nun wirklich mehr als Unruhe, denn ich hätte jetzt direkt hinter dem Koch stehen sollen, aber ich ging ein Stück auf die Bar zu, dicht genug, um eine Smith & Wesson 38er auf der Ablage hinterm Tresen zu sehen, wo er die Gläser spülte. Kein Revolver hatte dort gelegen, als ich mir mein hausgebrautes Bier kaufte. Er wandte lange genug den Blick von mir ab, um sich einen Schluck aus einem Schnapsglas zu genehmigen, das neben dem Revolver stand.

»Nimm einen Schluck Schwarzbrand«, sagte er zu mir. »Danke«, sagte ich und schüttelte den Kopf. »Geht auf Rechnung des Hauses«, sagte er, und ich sagte wiederum: »Danke.«

Er zeigte doch tatsächlich mit dem Finger auf mich und sagte: »Du gehörst zu Bill Bell, nicht wahr? Du warst vor kurzem schon mal hier.«

Ich sagte. »Ich arbeite für ihn.«

»Er ist da drin«, verriet er mir. »Was macht er da?« fragte ich.

»Warum siehst du nicht nach und erzählst es mir dann?« fragte er.

Mir wurde klar, daß ich ewig hier stehen würde, wenn ich mich weiter so höflich verhielt. Ich sagte: »Warum siehst du nicht selber nach? Du hast eine Waffe, und es sind nur zwanzig Schritt bis zur Tür, von der du reinsehen kannst.«

Er sagte: »Ich habe Angst, den Laden hier vorne alleinzulassen. Es könnte jemand reinkommen und etwas klauen.« Ich sah noch einmal hin, und als ich erkannte, daß es nicht einmal zwanzig Schritte bis zur Tür waren, wurde mir klar, daß er sich fürchtete. Ich kann Kerle nicht ausstehen, die groß und hart aussehen, ohne es zu sein, und dann noch zufällig bewaffnet sind. Wenn sie wirklich durch und durch hart sind, läßt sich leichter berechnen, was die Waffe anstellen wird.

Ich ging diese weniger als zwanzig Schritte locker und leise, und dann guckte ich hin.

Wie die Geräusche verraten hatten, waren in dem großen Raum nur zwei Poolspieler, wahrscheinlich Ranchhelfer, die schon so lange mit Vieh gearbeitet hatten, daß sie nicht mehr mitkriegten, was unter den Menschen vorging. Im übrigen war es so, als wäre die Erde umgekippt und alle Leute wären in den hinteren Raum gerutscht. Der Pokertisch war kaum zu sehen, aber alle stierten auf ihn und schauten schweigend zu.

Wissen Sie, einem Pokerspiel zuzuschauen ist etwas ganz anderes, als anderen Kartenspielen zuzuschauen, bei denen alles still ist, während das Blatt gespielt wird, und nachdem alle Karten in die Mitte geschmissen wurden, folgt eine Runde der Entspannung und der Kommentare. Beim gewöhnlichen Kartenspiel sehen alle alle Karten, wenn sie abgelegt werden, also kann auch keiner mit seinen Reden etwas verraten, wenn das Spiel vorüber ist. Aber beim Drawpoker besteht das Spiel zur Hälfte oder auch mehr aus Psychologie, und man legt sein Blatt mit dem Bild nach unten ab, so daß keiner sehen kann, was für Karten man in der Hand hatte, wenn man im Spiel bleiben will und darauf setzt, es zu gewinnen. Beim Pokern spielt man Blatt um Blatt, ohne daß am Ende mehr gezeigt wird als dasjenige Paar, das zur Eröffnung nötig war, und es würde keinem erlaubt sein, bei der Partie zu kiebitzen, wenn er auch nur andeutete, welche Karten verdeckt abgelegt wurden. Beim Drawpoker zahlt man für jede Karte, die man sieht.

Als ich an der Tür des Poolraums stand und nach hinten auf den Pokertisch sah, kam mir ein Augenblick meines Lebens wieder in den Sinn, und ich war ein Kind, das einem Festspiel zuschaute, in dem große Jungen als Schäfer verkleidet sich als Statuen versuchten, die sich über etwas Mystisches in gleißendem Licht beugten.

Zu dem Barkeeper, der sich an seinem Glas Schwarzbrand festhielt, sagte ich: »Sieht aus wie die Sonntagsschule zu Weihnachten«, und dann ging ich rasch zum Hinterzimmer, denn es machte mich nervös, daß ich überhaupt etwas von mir gegeben hatte, und nervös war ich auch wegen der 38er, die ich in meinem Rücken zurückließ.

Obwohl Mr. Smith dort stand, wo er auch stehen sollte, nämlich an der Tür zum Pokerraum, war er nicht froh. Dem Plan zufolge sollte er die Palastwache sein und alle Leute außer unseren eigenen Jungs fernhalten, als aber die Erde umgekippt war, war er offenbar unter einen Erdrutsch geraten. »Der Barkeeper hat eine 38er«, verriet ich ihm. Er sagte kein Wort zu mir, schubste aber die Leute zur Seite, bis er für mich eine Stelle direkt hinter dem Koch freigemacht hatte. Bevor ich mir den Koch richtig ansah, sah ich mir den Haufen vor ihm an. Das war schon ein Haufen, nicht groß zwar, aber doch vierzig Dollar. Die anderen drei am Tisch hatten zwar große Hutkrempen, aber kleine Geldhaufen. Bill Bell stand direkt hinter Breiteste Krempe. Das Licht der Lampe über dem Tisch zerschnitt Bill fast in zwei Hälften. Im Halbdunkel oberhalb des Lichts waren seine Schultern und sein Hut gigantisch; unter dem Licht glänzten seine Hände dann plötzlich auf den Hüften, als hätte er eine Waffe. Meine Aufmerksamkeit verlor ihre Sprunghaftigkeit, während meine Augen ihn nach einer Beule in der Taille und einem Schulterhalfter absuchten, und endlich wußte ich mit Gewißheit, es würde nur zu einer simplen Schlägerei kommen. Während ich Bill musterte, rückte Breiteste Krempe seinen Stuhl nach rechts, und er rückte ihn ein zweites Mal weiter, als Bill sich bewegte. Ich vermutete, daß Breiteste Krempe Bill nicht direkt hinter sich haben wollte. Als er Bill gerade ins Auge faßte, schubste Bill einen Zuschauer nach rechts und stellte sich selbst wieder hinter Breiteste Krempe auf. Ich dachte: »Wenn die so weitermachen, werden sie bald vor mir gelandet sein.« Genau in dem Augenblick erschien aus dem Schatten der junge Rotschopf und nahm auf einer Seite von Breiteste Krempe Gestalt an. Der junge Rotschopf hatte ungefähr meine Größe, aber er rührte sich nicht vom Fleck, als Breiteste Krempe wieder mal weiterrutschen wollte, um Bill noch einmal ins Auge zu fassen. Ich brauchte nicht länger zu raten, ob er an der Feuerfront geschossen hätte.

Und dann erschien auf der anderen Seite von Breiteste Krempe kein anderer als der Kanadier aus dem Gaskrieg. Er hustete, aber auch er wich nicht von der Stelle.

Vor mir der Koch sah so frech aus wie eh und je. Ich konnte von meinem Posten direkt über ihm genau auf das Blauhäherbüschel hinabsehen, das von seinem Hinterkopf abstand. Da er der einzige Spieler war, der nicht hinter einem Hut versteckt war, und der einzige Spieler, der einen ziemlich großen Haufen vor sich hatte, war er auch derjenige, den wir alle am meisten beobachteten.

Er fiel noch mehr auf, wenn er an die Reihe kam zu geben, und nach ein paar Runden war mir klar, daß die Strategie der Drei Gesichtslosen, wenn es ans Kartengeben ging, sich völlig verändert hatte seit dem frühen Abend, als sie mich ins Spiel zu locken versuchten, indem sie sich ungeschickt anstellten. Nun wußte jeder Kartenspieler, daß der andere ein echter Spieler war, also hatte sich die Psychologie dahingehend verändert, das Vertrauen des anderen in sein eigenes Spiel zu erschüttern. Die drei Krempen hatten flotte Hände für Karten, aber auch nicht mehr. Ich kam langsam dahinter, daß es jede Menge Unterschiede gab zwischen meinem Bild von einem Spieler und einem Kleinstadtzocker, der auf Wanderarbeiter mit ihrem Monatslohn wartet. Der Koch jedoch war eine Pracht. Die Karten sprangen ihm aus dem wilden Haufen in die Hände, und dann schossen sie wie Pfeile aus seinen Händen rund um den Tisch. Für meine Begriffe war er zu prächtig und protzte mit seinen Fähigkeiten, aber unsere Mannschaft war stolz auf ihn, und da ich direkt über ihm stand, als ob er mir gehörte, war wohl auch ich stolz auf ihn, obgleich ich nie gänzlich das Gefühl verlor, daß ihm irgendwo irgend etwas fehlte.

Angeblich spielte er, wie er vorher gesagt hatte, auf Wahrscheinlichkeit, obwohl ich das nicht so genannt hätte. Es war viel wagemutiger, als nur dazusitzen, die Punkte zu zählen und die Chancen zu nutzen. So hatte er zum Beispiel zweimal in kurzer Zeit die Möglichkeit, mit zwei Buben zu eröffnen (Buben waren die niedrigsten Karten, die zur Spieleröffnung berechtigten), und zweimal paßte er, und zweimal eröffnete jemand anders, und dann erhöhte er beide Male den Anfangseinsatz. Aber von da an spielte er jedes Blatt anders. Für das erste Blatt zog er nur eine Karte, als wollte er andeuten, er halte zwei Paare und habe deswegen nicht mit ihnen eröffnet, weil man in Schwierigkeiten kommen kann, wenn man mit zwei Paaren eröffnen muß, noch ehe man auch nur eine Ahnung hat, was die anderen in der Hand halten. Der kleinste der Drei Gesichtslosen, der links vom Koch saß, eröffnete mit seinem Einsatz, und er zog eine ehrliche Drei, was bedeutete, da mit Buben eröffnet worden war, daß er jedes einzelne der drei Paare in der Hand halten konnte, die den Koch schlagen würden – und, schlimmstenfalls, daß er weniger als ein Bubenpaar hielt, denn das war alles, was der Koch besaß, nachdem er seine einzige Karte gezogen hatte.

Breite Krempe und Breiteste Krempe stiegen nach dieser Erhöhung aus. Da Breite Krempe eröffnet hatte, war Breiteste an der Reihe zu setzen, nachdem der Koch gezogen hatte, und nachdem er lange über die vom Koch angesagte Erhöhung nachgedacht hatte, paßte er. Der Koch hatte sich seine Gedanken schon lange vorher gemacht. Er setzte zwei Dollar. Zwei Dollar waren in diesem Stadium des Spiels ein ziemlich hoher Einsatz – nicht gerade so überwältigend wie ein hoher Einsatz, den man deshalb riskiert, weil man nicht viel auf der Hand hat, aber doch hoch genug, daß es so aussah, als hätte man das, womit man meinte gewinnen zu können, ohne daß die anderen Jungs gleich aus dem Spiel ausstiegen. Diesmal hatte sich Breiteste Krempe schon seine Gedanken gemacht. Er zeigte zwei Damen als Eröffnungskarten, und der Koch ließ seine Ellenbogen sinken und umarmte einen Haufen Geld. Breiteste Krempe brummte. Wenn ich gegen ihn gespielt hätte, wäre ich auf den Gedanken gekommen, daß er sich nicht gerne bluffen ließ.

Als der Koch zum zweitenmal den Topf nicht mit einem Paar Buben eröffnete, sondern erhöhte, zog er nicht eine, sondern zwei Karten, als wollte er andeuten, er habe drei von einer Sorte, und hol's der Teufel, wenn nicht eine der beiden Karten, die er zog, ein weiterer Bube war, also saß er schließlich mit drei von einer Sorte da. Na klar, wenn man soviel Glück hat, braucht man kein levantinischer Teppichhändler zu sein, um seine Karten auszuspielen. Diesmal hielten Breite Krempe und Breiteste Krempe beide im Spiel mit, und es kostete Breiteste Krempe nahezu fünf Dollar, da er entdeckt zu haben meinte, daß der Koch nicht bluffte, weil er am Ende mit drei Buben dasaß.

Mit wachsenden Gewinnen wurde der Koch immer kekker, und er fing an zu reden, und sein Spiel wurde sogar noch besser. Er redete als einziger, und er redete die ganze Zeit über seine Karten. Einer der besten Pokerspieler, die ich je gesehen habe, war ein Berufsboxer mit angeschlagener Birne, der, wie der Koch, die ganze Zeit nur davon redete, was er in der Hand hielt. Es war schwer zu sagen, was man von seinen Worten glauben sollte, aber man konnte auch nicht aufhören, ihm zuzuhören. Der Koch sagte zum Beispiel: »Ich gehe mit einem Paar Buben mit und erhöhe«, und dann hatte er drei Könige; und später sagte er dann: »Ich probier's mal und erhöhe mit einem Paar Buben«, und diesmal hatte er genau die Karten. Er redete die ganze Zeit über sein Blatt, und gewöhnlich log er, aber hin und wieder hatte er das, was er sagte, auch auf der Hand, und nur ich, der hinter ihm stand, wußte Bescheid, was wirklich Sache war. Ich war froh, daß ich nicht gegen ihn spielte. Offenbar war es auch die spektakulärste Pokerpartie, die die Krempen aus Hamilton seit längerer Zeit erlebt hatten. Breiteste Krempe drehte sich auf seinem Stuhl, bis er sich seine Geldbörse aus der Gesäßtasche angeln konnte. Es war eine kleine schwarze Börse mit Schnappverschluß, und er ließ ihn aufschnappen und blätterte mehrere Scheine auf den Tisch. Dann drehte er sich wieder zurück, tauschte die Scheine gegen Silberdollars ein, legte mit dem Silber einen neuen Haufen an und verlor immer weiter.

Obwohl nur der Koch redete, kam es nach jedem Kartengeben zu einer hörbaren Entspannung von Muskeln, an der allein Bill nicht beteiligt war, denn er bewegte sich nur, damit Breiteste Krempe immer vor ihm saß. Sonst war Bill ein riesiger Hut über riesigen Schultern im Schatten, und im Licht war er zwei Hände, die auf den Hüften ruhten und die inzwischen außer mir jeder eingehend gemustert hatte. Mr. Smith war ein Ganztagsriese mit Dienst an der Tür, der sich gelegentlich nach der 38er Smith &Wesson umsah.

Mein linker Arm wurde leicht gestreift, und auf mich herab sah, auch wenn er so tat, als sähe er dem Kartenspiel zu, Mr. McBride. Er stand so genau über mir, daß von den Enden seines Schnauzers, falls es geregnet hätte, das Wasser mir direkt auf den Kopf getropft wäre. Ich war froh, dieses Gefühl über mir zu haben, und ich griff mir ins Hemd und faßte den Zuckersack an. Trotzdem gefiel es mir nicht, daß fast unsere ganze Mannschaft im Lichtkreis rund um den Tisch stand, abgesehen von Mr. Smith und den beiden Beobachtungsposten, an deren Namen und Positionen ich mich nicht erinnern kann. Die drei gesichtslosen Wunder bereiteten mir überhaupt keine Sorge. Schließlich waren wir ja in der Überzahl, und falls sie kampfeslustig waren, so hatten sie den ganzen Sommer über schlaff um einen grünen Tisch gesessen, während wir die Berge bestiegen und uns damit abgehärtet und gestählt hatten. Sorge machte mir eine etwaige Hilfstruppe, die womöglich aus dem Nichts auftauchen würde. Ich hatte früher am Abend mindestens zwei Angestellte des Hauses gesehen, die den Poolsalon abgrasten. Dann mußten auch einige der ungeschickten Poolspieler hier angestellt sein, die nur so ungeschickt taten und einem das Fell über die Ohren ziehen würden, wenn man aus einer anderen Stadt kam und sich für gut hielt. Dann war da auch die 38er hinter der Theke. Und noch eine Frage: Wie viele von den Gästen würden sich bei einer Schlägerei auf die Seite der Kneipe schlagen? Das ließ sich jetzt nicht beantworten. Es konnte davon abhängen, wer am Gewinnen war oder wie das Oxford seine Gäste behandelte oder wie viele Freunde Bill in dem Laden hatte. Im Augenblick standen sie alle hinten im Schatten, waren aber wahrscheinlich alle für einen Krieg vorne im Offenen. Was mich persönlich angeht, so wußte ich, daß ich eine Abreibung kriegen würde. Es wurde so schlimm, daß ich alle paar Minuten den Zuckersack anfassen mußte.

Offensichtlich hatte sich der Barkeeper noch nicht bis zur Tür getraut, um einmal nachzusehen.

Der Koch gewann immer weiter, zwar nicht hoch, aber doch beständig, und so dachte ich schon, daß er die ganze Nacht sein sogenanntes Wahrscheinlichkeitspoker weiterspielen würde, wie es auch vorteilhaft gewesen wäre, aber ich vergaß dabei nur: über eines kann man sich bei einem *Schau-Spieler* sicher sein – daß er nämlich eine Schau abzieht.

Als das passierte, ging es um eine ganz schöne Summe im Topf, nicht so hoch, daß man sein letztes Hemd dafür riskiert hätte, und bestimmt auch nicht so hoch, daß man dafür riskiert hätte, über den Haufen geschossen zu werden, aber trotzdem doch eine ganz erkleckliche Summe. Drei- oder viermal nacheinander war gegeben worden, ohne daß jemand zur Eröffnung gesetzt hatte, und selbstverständlich mußte jeder bei jeder neuen Runde höher gehen, so daß der Topf ganz hübsch gefüllt sein mußte. Der Koch hatte übrigens als letzter Karten gegeben, und als keiner mit einem Einsatz eröffnete, wußte ich, daß er immer noch ehrlich gab. Alle zahlten wieder in den Topf ein, und der Koch reichte die Karten an Breite Krempe weiter, der links neben ihm saß. Breite Krempe konnte besser mit Karten umgehen als alle andern im Spiel, vom Koch abgesehen, und er lag knapp vorne, aber ich war mir inzwischen sicher, daß keiner der Krempen ein großer Kartenspieler war. Ich fragte mich: »Wie bist du überhaupt auf den Gedanken gekommen, daß ein großer Kartenspieler in Hamilton bleiben würde?« Jetzt hatte ich sie abgebucht als ganz gute Kartenspieler, die wahrscheinlich ein paar schäbige Tricks im Ärmel hatten, um Ranchhelfer und uns Saisonkräfte vom Forstdienst, frisch aus dem Oberholz, an der Nase herumzuführen.

Breite Krempe gab, und der Koch nahm sich sein Blatt, und er hatte kaum damit begonnen, die Karten zu ordnen, als er sie schon mit dem Bild nach unten auf den Tisch legte, sich zur Seite lehnte und den Hut von Breite Krempe leicht anhob.

»Ich bitte um Verzeihung«, sagte er in seiner kurzen, hochgestochenen Redeweise, »aber ich sehe immer gern das Gesicht eines Mannes, wenn ich mit ihm Karten spiele.«

Ich sah etwas aufblitzen und dann, als der Koch seine Hand von dem Hut zurückzog, verschwinden wie ein Kaninchenschwanz im Unterholz, aber obwohl ich mir den Hals verrenkte, bekam ich es nicht noch einmal zu sehen. Ich wußte jedoch, daß Breiter Krempe etwas passiert war, denn auf der anderen Seite des Tisches gerieten die Leute, die ihn von vorne sehen konnten, plötzlich in einen kleinen Aufruhr. Breiteste Krempe schob seine Karten in einer Faust zusammen, stützte sich auf den Tisch und drückte sich praktisch hoch. Bill trat hinter ihm zurück, um ihn besser zu sehen und vielleicht besser auf ihn schießen zu können. Breitere Krempe, der in dem Spiel wenig mehr getan hatte, als zu verlieren, kratzte seinen kleinen Haufen Geld zusammen, worauf ich mir ins Hemd faßte und die Faust um den Zukkersack ballte.

Breite Krempe schien allerdings selbst gar nicht zu merken, daß sich ein Kaninchen oder etwas dergleichen in seinem Hut verkrochen hatte. Der Hut, den der Koch leicht hochgeschoben hatte, versperrte mir jetzt nicht mehr den Blick, und Breite Krempe lehnte sich zurück und sortierte seine Karten. Er hatte seinen Zug zeitlich perfekt abgestimmt, denn er machte ihn in genau dem Augenblick, als der Koch sein Blatt sortiert und von ihm endgültig Besitz genommen hatte.

»Tut mir leid, Partner«, sagte er zum Koch, »aber du mußt dein Blatt abwerfen. Du hast eine Karte mehr.«

»Wer? Ich?« fragte der Koch.

»Ja, du«, sagte Breite Krempe. »Du hast sechs Karten in der Hand. Du mußte diese Karte im Ärmel gehabt haben, extra für so einen großen Topf wie diesen.«

»Zähl sie nach«, sagte der Koch und breitete seine Karten, Bild nach unten und leicht aufgefächert, vor Breite Krempe aus.

Breite Krempe breitete sie noch weiter aus und zählte sie. »Wie viele?« fragte der Koch. Breite Krempe nahm sich die Karten noch einmal vor, breitete sie noch weiter aus, faßte eine jede an und zählte sie erneut.

Von der anderen Seite des Tisches fragte Bill: »Wie viele?«

Breite Krempe sah den Koch an und nicht Bill. »Fünf«, sagte er, während er noch die Karten abtastete.

Der Koch sagte mit stolzgeschwellter Brust: »Falls du die Extrakarte suchst, die du mir gegeben hast, damit mein Blatt aus dem Spiel geschmissen wird, dann findest du sie in deinem Hutband.«

Breite Krempe nahm seinen Hut ab, legte ihn auf den

Tisch, und konnte es kaum glauben. Da steckte in seinem Hutband die Kreuz Zwei, die niedrigste Karte im Spiel, aber wenn sie noch in der Hand des Kochs gewesen wäre, so hätte sie ihn aus dem Spiel geschmissen.

Die Asse, die mir der Koch in Elk Summit in die Hemdentasche gezaubert hatte, entsprangen wie Kaninchen meinen Gedanken und sammelten sich rundum im Hutband von Breite Krempe. Mir brauchte keiner zu sagen, wie die Kreuz Zwei dort hingeraten oder wo das Kaninchen verschwunden war.

Ich griff nach dem Geld.

Zuerst nach dem Topf auf dem Tisch, denn ich dachte mir, daß der Koch imstande sein müßte, seinen eigenen Haufen zu schützen, bis ich da war. Ich weiß nicht, wer mit der Schlägerei angefangen hat. Ich hörte einen Stuhl krachen. Entweder war jemand von einem Stuhl getroffen worden, oder es hatte einen vom Stuhl gehauen.

Jemand drosch auf mich ein, als ich nach dem Topf griff, und es war genau so, wie ich es mir vorgestellt hatte – jemand versetzte mir von der Seite einen Kinnhaken, und ich habe ihn gar nicht gesehen. Ich schätze, es war Breite Krempe, und es muß Mr. McBride gewesen sein, der ihn zu Boden schickte. Jedenfalls, als ich noch nach dem Topf griff, sprang Breite Krempe auf mich rauf und ließ nicht locker, bis ich mich hoch aufbäumte, so daß er von mir runterrutschte. Im Topf war noch etwas Geld übrig, das weder rausgenommen worden, noch rausgefallen war, aber als ich mir den Rest schnappen wollte, packte mich jemand am Arm, und jemand anders hängte sich rein und half ihm, mir den Arm umzudrehen. Ich spürte auch, daß mir etwas im Ohr weh tat, wo mich jemand seitlich am Kopf getroffen hatte.

Als ich endlich meinen Arm freibekam, war der so schwach, daß ich mir den Rest vom Topf nicht schnappen konnte, aber viel ist mir nicht entgangen, vielleicht ein paar Dollar in Kleingeld, das sich mit tauben Fingern sowieso nur schlecht schnappen ließ. Statt dessen stürzte ich mich auf den Haufen Geld vor dem Koch. Man hätte meinen sollen, daß jemand ihn auf der Stelle plattgemacht hätte, aber da saß er mit dem Haarbüschel auf dem Kopf, und niemand hatte Hand an ihn gelegt, wahrscheinlich, wie ich schon vorher gesagt habe, weil unter Männern der geschickte Zocker in aller Augen ein Zauberer ist, und dieser hatte eben noch etwas Magisches vollbracht. Vielleicht hatten sie auch Angst, daß sie sich in Rauch auflösen würden, falls sie ihn anrührten. Also saß er da, ungerührt und vielleicht unberührbar. Der Hurensohn half mir nicht einmal dabei, sein Geld in den Sack zu stopfen, obwohl ich glaube, alles erwischt zu haben.

Dann schlug mir jemand zwischen die Augen, und er traf mich härter, als ich je wieder imstande sein sollte, mich zu erinnern. Ich stand einfach da, und meine Klamotten kamen mir vor wie ein Kartoffelsack, und mein Körper kam mir vor wie die Kartoffeln, und der Sack sank zu Boden, und ich steckte drin. Ich bemühte mich, bei Bewußtsein zu bleiben. Ich bemühte mich zu denken, denn ich wußte, ich drohte, an die Ränder der Wirklichkeit zu entgleiten. Ich bemühte mich um große Gedanken, als machte ich mir große Gedanken übers Leben. Ich wollte sogar Sätze bilden, die alle mit den Worten »Das Leben ist...« anfingen, aber ich führte sie nicht zu Ende, weil ich nie irgendwelche Gedanken hatte, die ich in Sätze hätte packen können.

Zuerst entsprach alles genau dem, was ich vorausgesehen hatte. Ich griff nach dem Geld auf dem Tisch, und es gab keine Möglichkeit, wie ich mich schützen konnte. Als nächstes, wie in meiner Vorahnung, spürte ich richtiges Blut aus meinem Kopf die Kehle herunterrinnen.

Aber in dem Augenblick, als ich am Boden zusammenklappte, nahm alles eine unerwartete Wendung. Plötzlich kam mir, wie aus dem Nichts, nicht nur eine, es kamen mir zwei Ideen, wie ich mich hätte schützen können, als ich auf den Tisch griff, während mir wochenlang vorher, als schon eine Idee mir genützt hätte, keine einzige eingefallen war. Ich rappelte mich mühsam auf die Ellenbogen um zu sehen, ob es zu spät zum Handeln war, aber kaum auf dem Stativ meiner Ellenbogen, war mir auch schon klar, daß die Ideen einen Dreck wert waren. Und einen Augenblick später waren sie auch schon verschwunden, um mir nie wieder einzufallen.

Während sich mein Körper noch vom Boden aufgerichtet hatte, gelang es mir, den kleinen Zuckersack in meinem Hemd zu verstauen. Bei diesem Vorgang stellte ich fest, daß ich einige der Füße unter und rund um den Tisch erkannte.

Als ich mit einer Seite meines Gesichts wieder am Boden lag, fragte ich mich, da ich ja keinen vernünftigen Gedanken fassen konnte, ob ich mir durch die Beobachtung der Füße in etwa ein Bild von dem machen könnte, was da so vor sich ging. Ich hob meinen Kopf aus dem Sägemehl und den braunen Bull-Durham-Kippen, und ließ ihn wieder auf das Ellenbogenstativ sinken. Dies sollte die größte Schlägerei sein, die ich je gesehen habe – das heißt, fast völlig aus der Froschperspektive. Und unter einem Pokertisch.

Von der Stelle weg konnte ich unsere Jungs von den andern unterscheiden. Die anderen, das waren die Cowboystiefel, und wir waren die Holzfällerstiefel, und mit einem flauen Gefühl im Magen fiel mir ein, daß wir im späteren Verlauf der Nacht noch mit sämtlichen Ranchhelfern in der Stadt aufräumen wollten. Ich brauchte meine Zeit, um mir ein Bild zu machen von dieser Schlägerei zwischen Männern, die ich nur bis zu den Knien sehen konnte. Aber langsam klärte sich das Bild, und zuerst war da das größte Paar Cowboystiefel direkt vor mir. Die Knie waren weit gespreizt, und die Stiefelspitzen zeigten in die Höhe. Bill, der Rotschopf und der Kanadier mußten ihn auf dem Stuhl festgenagelt haben, bevor er noch eine Bewegung machen konnte. Dann schoß plötzlich ein Paar Cowboystiefel schnurstracks in die Luft, und dann baumelte es da – einer von unseren Jungs mußte den Körper des Cowboys auf dem Pokertisch ausgebreitet haben, so daß Kopf und Füße über die Kanten hingen. Um mir Gewißheit zu verschaffen, sah ich am anderen Ende nach, und, ganz klar, da hing sein Kopf, und Speichel lief ihm aus dem Mund. Ich schaute mich ganz schnell um, weil ich sehen wollte, wer von unseren Jungs den Cowboy flachgelegt hatte, und genau, wie ich erwartet hatte, spreizten sich da Bills große Holzfällerstiefel. Bills Holzfällerstiefel, Sie werden sich erinnern, hatten diese besondere gefranste Zunge, man konnte sie nicht verwechseln, und sie arbeiteten sich langsam zu mir vor.

Plötzlich sprang ein Paar Stadtschuhe in vorderster Front

in den Ring, und es gehörte, wie ich meinte, einem Angestellten des Hauses, der für die Poolkugeln verantwortlich war. Seine Beine vollführten einen Tanz und verschwanden rhythmisch ins Blaue. Ich weiß nicht, was mit ihm passiert ist, aber er machte einen so plötzlichen Abgang, daß Bill sich auch seiner angenommen haben muß.

Ein ausgebleichtes Paar Levi's machte Säbelbeine und ging immer mehr auseinander, bis Mr. McBride neben mir zu Boden sank. Ich hatte nicht die Kraft, ihm aus dem Weg zu rollen, und so lehnte er sich eben bei mir an. Das Paar Holzfällerstiefel, das den Tisch rauf und runter sprang, mußte seinem rothaarigen Sohn gehören. Er konnte diese Stiefel tanzen lassen, und ich konnte sehen, daß es für ihn und unsere Jungs hilfreich war, Holzfällerstiefel und keine Cowboystiefel an den Füßen zu haben. Alle Leute in der Stadt schrien uns Saisonkräfte vom Forstdienst an, wenn wir irgendein Haus betraten, weil die spitzen Stollen in den Sohlen unserer Stiefel, zugegeben, kleine Löcher in den Fußböden hinterließen, aber als der schnelle Rotschopf zurücksprang, um sich zu ducken und einen Gegentreffer zu landen, krallten sich diese Stiefel fest in den Holzfußboden, und die schicken hochhakkigen Cowboystiefel, die seinen Gegentreffern ausweichen wollten, rutschten aus und gerieten dann ins Schleudern.

Es ist kaum zu glauben, aber die kanadischen Wickelgamaschen blieben die meiste Zeit stehen, nur ab und an knickten sie in den Knien ein und husteten.

Die ganze Zeit stand neben mir platt auf dem Boden ein Paar Halbschuhe aus Segeltuch mit Gummisohlen, ganz nach Art der Basketballschuhe für Mädchen. Die Sohlen ruhten ganz einfach platt auf dem Boden. Noch bevor ich mich dazu entschlossen hatte, hangelte ich mich auf die Beine. Ich brauchte dazu mehrere Anläufe, und auf dem Weg nach oben taumelte ich. Es war komisch, aber genau in dem Augenblick dachte ich an meinen presbyterianischen Vater, und sofort taumelte ich nicht mehr.

Der Koch nahm die Karten in die Hand und ließ sie durch die Finger gleiten. Nur um seine Hände geschmeidig zu halten, nehme ich an.

Ich versetzte ihm einen seitlichen Treffer am Kopf, ungefähr an der Stelle, wo ich meinte, getroffen worden zu sein. Er knallte auf die Bretter, während ich sanft zu Boden sackte. Ich wußte, ich hatte ihn nicht hart getroffen. Ich hatte gar nicht genügend Kraft. Mr. McBride mußte wieder zu sich gekommen sein, denn er rollte leicht zur Seite, um mir Platz zu machen. Ich war mir ziemlich sicher, daß der Koch, der zusammengekrümmt dalag, Toter Mann spielte. Ich sah nämlich, daß er ein Auge offenhatte und mich damit musterte. Dann, als ihm die Gewißheit kam, daß ich jenseits von Gut und Böse war, sprang er auf und trat auf mich ein. Unter Holzfällern nennt man das »einem Kerl das Leder geben«, und man tritt nicht nur mit den Stiefeln auf ihn ein, wenn er am Boden liegt, sondern zerkratzt ihn auch mit den spitzen Stollen, von denen die Sohlen strotzen, und was dann übrigbleibt, steckt voller Dreck und braucht lange Zeit, um zu heilen. Nur wurde ich nicht von Holzfällerstiefeln getreten, sondern von Basketballschuhen für Mädchen. Und dennoch glückte es dem Bastard, mich einmal kurz über der Stelle am Kopf zu treten, wo ich getroffen worden war, und ich spürte wieder, wie mir das Blut die Kehle runterrann. Ich wollte einen seiner Füße schnappen, und ich kriegte auch einen in die Finger, aber ich konnte ihn nicht festhalten.

Dann schossen beide Segeltuchschuhe geradewegs in die Luft, und ich hörte etwas krachen, und später sollte mir bestätigt werden, daß der Koch gegen die Wand geknallt war und Bill ihn an dieselbe geschmissen hatte. Jedenfalls spreizte sich vor mir ein Paar Holzfällerstiefel mit einer gefransten Doppelzunge. Dann packte Bill zu und hob mich mit einem Arm auf, und bevor er sich noch völlig gereckt und gestreckt hatte, packte er noch einmal zu und hob mit dem anderen Arm Mr. McBride auf.

Er schlackerte mit beiden Armen und sagte: »Wie geht's euch?«, und wir antworteten beide, als hätten wir uns abgesprochen: »Och, uns fehlt nichts.« Wir wollten uns beide aus seinem Griff befreien, doch er hatte uns ganz schnell und fest wieder im Griff und sagte: »Nun wartet doch mal.« Dann, mit dem Arm um uns, ließ er uns ein paar Schritte gehen, und diese paar Schritte allein trugen dazu bei, daß sich die Dinge klärten, und wir beide, denen es peinlich war, im Arm gehalten zu werden, murmelten »Danke, Bill«, und wir versuchten freizukommen, und er grinste, weil er sah, daß es uns besserging, aber immer noch hielt er uns fest. Diesmal gingen wir fünf oder sechs Schritte und denselben Weg wieder zurück, und diesmal machten wir uns frei, gewannen unsere Männlichkeit zurück und wollten den Anschein erwecken, als suchten wir noch weiteren Streit.

Aber der Kampf war fast vorbei. Irgendwo im seitlichen Abseits prügelte sich der Rotschopf noch mit irgendeinem

Städter im zugeknöpften Hemd. Mr. McBride taumelte hinüber und machte dem Kampf in genau dem Augenblick ein Ende, als sein Sohn sich einen runden Haken im Bauch einfing, aber der alte Herr ließ ihn nicht weitermachen, und der Städter war froh, daß er aufhören konnte, nachdem sein letzter Schlag so stark gewesen war. Sein Sohn verließ das Feld mit hängendem Kopf und tiefen Gedanken, und dann drehte er sich schlagartig um und lief hinter dem Burschen her, um die Schlägerei erneut anzufachen, aber jetzt kam die Menge aus dem Schatten heraus und hielt ihn zurück. Die Menge, die wild auf Krieg gewesen war, als ich unter dem Tisch verschwand und sie im Schatten, war jetzt wild auf Frieden.

Als mir der Kopf klar wurde, war mir zumute wie dem Rotschopf, und ich war so überrascht wie enttäuscht, daß der Kampf vorüber war. Dies war meine erste Schlägerei überhaupt, in die auch eine Menge anderer Kerle verwickelt gewesen waren, und ich hatte noch nicht mitgekriegt, daß Schlägereien gewöhnlich nicht lange dauern, wenn viele Kerle darin verwickelt sind, und das aus dem einfachen Grund, weil viele Kerle sich nicht gerne schlagen. Nur wenige schlagen sich gern und wissen auch, wie man das macht. Die meisten Kerle stecken ein paar Treffer ein und schlucken Blut und machen plötzlich schlapp – aus schwesterlichen Gefühlen über brüderliche Liebe. Jetzt, nachdem sich der Rotschopf zurückgezogen hatte, war von dem Krieg nicht mehr übrig als der alte Mr. Smith, der an der Tür stand und den Barkeeper fest umschlungen hielt. Dies war wahrscheinlich das erste und letzte Mal im Leben, daß der Barkeeper einem Mann in die Arme lief, der sich seinen Lebensunterhalt mit einem Vorschlaghammer verdiente. Der Kopf des Barkeepers, sein einziger Körperteil, den er bewegen konnte, bewegte sich wie wild. Schließlich muß kein Blut mehr in seine Arme geflossen sein, denn der Revolver fiel ihm aus der Hand. Bill nahm sich die 38er, klappte die Kammer auf, ließ die Patronen purzeln, und der Krieg war offiziell vorbei.

Der Kopf tat mir weh, und meine Gefühle waren genauso verletzt. Ich versuchte immer noch herauszufinden, wie der Krieg ohne mich hatte gewonnen werden können. Mr. McBride war auch die meiste Zeit außer Gefecht gewesen, und Mr. Smith hatte an der Tür gestanden, den Barkeeper fest umschlungen. Wie in vielen großen Schlägereien war das meiste im Kampfgetümmel von zwei Leuten geleistet worden: von einem guten Kämpfer und von einem jungen Burschen, der vielleicht zu einem guten Kämpfer heranwachsen würde. Gemeinsam hatten sie wenigstens zwei der Hutkrempen und alle Angestellten, die für die Poolkugeln verantwortlich waren, erledigt, sowie diejenigen der Gäste, die von der Treue zum Oxford übermannt worden waren. Der Kanadier saß zusammengeklappt auf einem der Pokerstühle. Er krümmte sich, als müßte er husten, ohne daß er es aber konnte. Was er getan hatte, war nobel getan, aber es konnte nicht viel bewirkt haben.

Die drei Krempen saßen allein für sich, hatten ihre Krempen tiefer denn je ins Gesicht gezogen, sahen aber nicht schwerverletzt aus. Sie zeigten sich gegenseitig ihre Finger. Dann machten sie die Runde bei den Zuschauern, denen sie zu erklären versuchten, daß sie sich deshalb nicht groß in die

Schlägerei eingemischt hätten, weil sie eben Kartenspieler seien, die Angst hätten, sich die Knochen in den Händen zu brechen. Wahrscheinlich waren alle drei dieser großmäuligen Kleinstadtspieler im Nebenberuf Zuhälter. Ich hatte sogar einen im Verdacht, letzte Nacht mein Nachbar gewesen zu sein; aber ich kriegte ihn nie klar genug ins Visier, um mir sicher zu sein. Hauptsächlich versuchte ich mich an die Tatsache zu gewöhnen, daß niemand ernstlich verletzt schien, außer mir – und wahrscheinlich Mr. McBride. Sogar das Lokal, das verwüstet aussah, als Bill mich unter dem Tisch hervorgezogen hatte, wurde schnell wieder aufgeräumt vom Barkeeper und dem übrigen Personal. Gäste halfen mit, die Stühle aufzustellen. Die übrigen Stammgäste unterhielten sich wieder, und dann fingen zwei von ihnen mit einem lauten Knallen der Kugeln ein Poolspiel an. Andere folgten ihnen. Alle taten so, als sei nichts passiert, und nichts erweckte den Eindruck, als wäre etwas passiert.

Ich spuckte einen Klumpen Blut, ging zu dem Kanadier, setzte mich neben ihn, weil ich erfahren wollte, wie es ihm ging. Er legte einen Arm um mich, und ich legte einen Arm um ihn, und das mußte die Antwort sein.

Es schien plötzlich so, als ob alle Leute in dem Laden Bills Freunde wären, und sie kamen alle zu ihm, um ihm die Hand zu schütteln oder abzutasten, wie stark sein Arm war. Der Koch stand vom Boden auf, wo er, an die Wand gelehnt, gesessen hatte, und suchte Bills Nähe, während Bill die Glückwünsche entgegennahm, und Bill war offensichtlich froh und glücklich über alles. Der Rotschopf klammerte sich an seinen Vater, aber in seinen Augen schwelte es noch.

Sonst herrschte überall Friede. Ich kam einfach nicht darüber hinweg. Zwei Wochen mindestens hatten wir Dampf angesammelt, und jeder von uns sollte einen ganzen Sommerlohn wie im bloßen Rauschen eines schwarzen Umhangs gewinnen, und dann wollten wir die ganze Stadt aufräumen. Nun ja, der schwarze Umhang hatte gerauscht, und ich griff mir ins Hemd, um meinen Zehnpfund-Zuckersack in der Hand zu fühlen, und das ganze Geld, das darin steckte, hätte man auch in einen Bull-Durham-Tabakbeutel stecken können. Wir hatten die Stadt aufgeräumt, und ich wußte schon, daß ich immer davon erzählen würde, aber im Oxford lief jetzt schon wieder alles normal. Sogar die drei Kleinstadtzokker hatten sich wieder an den Pokertisch gesetzt und ein harmlos aussehendes Spiel unter sich begonnen, erneut in der Hoffnung, daß irgendein Schafhirte mit seinem Sommerlohn hereingeschneit käme, dem sie eine sechste Karte unterschieben konnten. An allen Tischen bis auf den Billardtisch wurde wieder gespielt, aber es war die Zeit der Nacht, die Friseure und Filialdirektoren von Banken mit ihren Weibern verbringen, bevor sie nach Hause gehen zu ihren Ehefrauen.

Es ist ein Glück für Kleinstädte, daß gute Kämpfer zuerst und vor allem Kämpfer sein müssen, und daß es davon sowieso nicht viele gibt. Sonst würden die Kleinstädte nämlich über Nacht demoliert werden, weil im Spätsommer jede Kleinstadt von irgendeiner Mannschaft aufgeräumt werden muß und gewöhnlich auch wird; und dann stellt die Stadt die Stühle wieder richtig hin, macht weiter wie vorher und knöpft der Mannschaft das Geld ab.

Bill trieb seinen Haufen zusammen und scheuchte uns hinaus wie die Schafe. Der Barkeeper hob den Kopf und sagte uns unverhohlen Lebwohl. Er verkaufte gerade *Chits* an zwei Ehemänner, die beim Pinokelspiel einsteigen wollten.

Mr. McBride und ich hielten einander am Arm, und es war uns wohler, als wir nach draußen kamen. Aber ich war verletzt, und alle im Haufen wußten das. Sie wußten auch, daß ich das Geld hatte. Sie halfen mir um den Häuserblock, und wir blieben an einer Straßenecke unter einer Bogenlampe stehen. Ich setzte mich auf den Bordstein im Licht und ruhte ein paar Minuten aus, bevor ich den Sack aus dem Hemd holte. Alle rückten dicht zusammen. Sie rückten so dicht um mich zusammen, daß Bill schließlich sagte: »Geht mal ein Stück zurück. Bei dem Licht kann man ja sonst nichts sehen.« Dann machte er sich mit Mr. Smith ans Zählen. Ich versuchte erst gar nicht, ihnen beim Zählen zu helfen. Ich glaubte nicht, ihnen helfen zu können.

Zuerst gaben sie jedem von uns das Geld zurück, das er eingesetzt hatte. Dann fragte Bill: »Irgendwelche Einwände dagegen, daß wir unseren Gewinn gleichmäßig auf neun verteilen, egal, was jeder von uns neun gesetzt hat? Wir sind doch schließlich eine Mannschaft, oder?« Lauter nickende Köpfe, und er setzte sich wieder. Dann stand er auf und hielt, was für ihn eine Rede war: »Und eine verdammt gute Mannschaft. Wir haben immer getan, was wir tun mußten.« Außerdem war keiner von uns in Arithmetik so bewandert, um den genauen Anteil eines jeden ausrechnen zu können.

Bill setzte sich, um unseren Gewinn zu Ende auszurechnen, und wir standen rum und wußten nichts anderes mit uns anzufangen, als uns gegenseitig zu bewundern. Ich nehme an, daß wir im Grunde keine Gruppe waren, mit der man groß prahlen konnte. Wir waren ziemlich repräsentativ für die Mannschaften des Forstdienstes in seiner Frühzeit, so wie ich sie kennengelernt habe – vielleicht nicht einmal besonders gut, denn der Krieg war erst vor weniger als einem Jahr zu Ende gegangen, und viele der besten Männer waren noch nicht in den Wald zurückgekehrt, und die Erde war immer noch in der Obhut der Alten mit zerfurchter Haut und kleinen Schritten, von jungen Halbstarken, die auf Schlägereien aus waren, und Kanadiern, die Gas abgekriegt hatten, sowie namenlosen Beobachtungsposten, die dagewesen sein müssen, ohne daß sie in Erinnerung geblieben wären. Kein einziger hatte je eine Forstwissenschaftschule von außen oder gar von innen gesehen. Aber, wie Bill sagte, wir waren eine ziemlich gute Mannschaft, und wir hatten getan, was wir tun mußten, und wir liebten den Wald, ohne zu glauben, daß er uns gehörte, und für jeden von uns gab es zumindest eines, was er besonders gern tat – einen Hammer schwingen und spüren, wie die Erde vom Dynamit bezwungen wird, sich prügeln, die Verletzungen von Pferden kurieren, mit Nahrungsmitteln und Werkzeugen umgehen und Knoten binden. Und fast alle unter uns arbeiteten gerne. Wenn man darüber nachdenkt, so ist damit schon eine Menge über einen Haufen Männer gesagt.

Augenblicklich fühlten wir uns im Herzen unzertrennlich, obwohl wir in unseren Köpfen wußten, daß wir uns nach diesem Abend möglicherweise nie wiedersehen würden. Wir waren Sommerarbeiter. Wir gehörten keiner Gewerkschaft, keiner Loge an, und die meisten von uns hatten weder eine

Familie, noch waren sie in einer Kirche. Im Spätfrühling hatten wir Arbeit gefunden in einer neuen Truppe, die »Forstdienst der Vereinigten Staaten« hieß und von der wir vage wußten, daß Teddy Roosevelt ihre Aufstellung unterstützt hatte, und dort fühlten wir uns stolz und kamen uns hart vor, so daß wir immer Ausschau hielten nach irgendwelchem Ärger, ob nun Waldbrände, Sprengstoff oder Klapperschlangen auf Bergen, die zu hoch waren, als daß es dort welche geben konnte. Wir taten nicht nur, was wir tun mußten, sondern machten auch noch ein paar andere Sachen, so etwa, wenn wir Streiche spielten, aus getrockneten Aprikosen Alkohol destillierten und Ärger untereinander hatten. Und am Ende taten wir uns zusammen, um die Stadt aufzuräumen – wahrscheinlich auch etwas, das getan werden mußte, um uns zu einer Mannschaft zu machen. Für die meisten von uns war die Mannschaft, diese gesellschaftliche Einheit auf Zeit, die einzige Gruppe, der wir je angehört hatten, obwohl es irgendwie für länger gewesen sein muß als nur für die Zeit eines Augenblicks. Denn mehr als ein halbes Jahrhundert danach bin ich hier, um davon zu erzählen.

Während der Ranger und Mr. Smith zu Ende zählten, verschmorten die Motten am Bogenlicht über uns, und mir floß wieder das Blut am Schädel herunter.

Bill sagte zu Mr. Smith: »Du mußt es verkünden.« Mr. Smith stand auf und verkündete: »Die Endsumme beträgt $ 64,80. Durch neun geteilt, sind das $ 7,20 pro Nase.« Alle sagten: »Wahnsinn« und vergaßen ganz, daß $ 7,20 ein paar hundert Dollar unter den Sommererwartungen lagen.

Bill teilte das Geld auf, und Mr. Smith sagte: »Jetzt zu den Ranchhelfern und Huren.« Einige wollten die Reihenfolge umkehren, und dann, da wir eine Mannschaft waren, wurden sie plötzlich um mich besorgt, aber einer nach dem andern. »Wie fühlst du dich, Kleiner?« »Du hast ganz schön eins in die Fresse gekriegt, aber du hast die Knete erwischt.« »Gute Arbeit, Kleiner.« Und dann sagte Bill: »Wir bringen dich ins Hotel zurück.«

»Nee, zum Teufel«, sagte ich, »die Nacht ist doch noch ein junger Hund.«

Bill sagte: »Du hast einen anstrengenden Abend hinter dir. Du mußt dich jetzt erholen. Aber ich möchte, daß du morgen vormittag zum Korral kommst und mir beim Satteln hilfst.«

Dann sagten alle, wiederum nicht gemeinsam, sondern einer nach dem anderen: »Wir bringen dich zum Hotel zurück.«

Also brachten sie mich zurück, und als wir vor meinem Fünfundzwanzig-Cent-Nachtquartier angelangt waren, legten wir alle die Arme umeinander, doch keiner von uns fing an zu singen, denn keiner von uns konnte eine Melodie halten. Statt dessen standen wir mit gesenkten Köpfen im Kreis, wie ein College-Männerchor kurz vor dem ersten gesummten Ton. Dann fühlte ich mich plötzlich schwach, wandte mich ab, stieg eine nackte Treppe hinauf und war zu müde und zu sehr von mir selbst enttäuscht, um zum Abschied zu sagen: »Bis dann.«

Ich legte mich zum Trost an die gekalkte Wand. In der Mitte meines Gehirns traf sich der Schmerz von der Seite des Kopfes mit dem Schmerz von der Stirn. Nie zuvor hatte ich innerhalb von zwei Tagen zwei Niederlagen einstecken müssen. Ich war besonders schmerzempfänglich, da ich jung war und gewohnt zu gewinnen. Obwohl es im Zimmer dunkel war, drückte ich die Augen besonders stark zu, denn ich hoffte so, das Bild auszusperren, wie ich beim Chinesen mit Zahnstochern im Haar am Boden lag. Und ich versuchte krampfhaft, das Bild zu verdrängen, wie mein Kopf auf dem Tisch lag und nur darauf wartete, einen Schlag verpaßt zu bekommen. Der Kopf zuckte mir vor Ekel und versuchte dem auszuweichen, was er nicht kommen sah. Ich dachte: das war die größte Schlägerei, in die ich je verwickelt war, und ich habe nur einen Treffer gelandet. Die Gedanken kamen mir nur langsam, und so dauerte es einige Zeit, bis ich den nächsten Gedanken faßte: »Aber wenn ein Mann nur einen Faustschlag für sein Land zu geben hätte, habe ich bestimmt ein gutes Ziel ausgesucht.« Als ich aufhörte, mit dem Kopf vor meinen Gedanken zurückzuschrecken, spürte ich, wie sich meine Nackenmuskeln entspannten, und ich schlief ein.

Es war schon spät, als ich morgens aufwachte, und ich fühlte mich nur ein kleines bißchen besser; und als ich mich mit dem Wasser aus dem Krug wusch, war ich froh, daß kein Spiegel vorhanden war. Als ich aufwachte, wollte ich aufstehen und mit einem Schritt vom Bett bei Bill im Korral sein, aber als ich mich in meine Klamotten stürzte, sah ich noch einmal auf die Uhr und fragte mich: »Wozu die Eile?« Außerdem wurde mir klar, daß etwas von der Übelkeit im Magen vergehen würde, wenn ich »ein bißchen was zum Frühstück«, wie meine Mutter immer sagte, zu mir nehmen würde. Es war zehn Uhr, als ich in das griechische Restaurant kam, und das Mädchen aus Darby hatte Dienst.

Sie wies mir einen Platz an einem Tisch in einer dunklen Ecke zu, ging zum Tresen, um die Speisekarte zu holen, und kam dann zurück. »Ich wußte, daß Sie gestern abend mit großem Ärger rechnen mußten«, sagte sie. »Sie kommen am besten mit, damit ich Sie waschen kann.« Dann führte sie mich in die Damentoilette, schloß die Tür zu und ließ mich auf dem Klodeckel Platz nehmen, das Klo sah zu meiner Überraschung genauso aus wie das Herrenklo. Von meinem Sitz aus konnte ich meinen Kopf über das Waschbecken halten, und sie wusch mir den Kopf, ganz, einschließlich des Haars. »Keine Widerrede«, sagte sie. »Sie müssen sich ja im Dreck gewälzt haben.«

»Sägemehl«, sagte ich.

»Ach so«, sagte sie. Ihre mütterliche Behandlung wurde mir langsam peinlich, und ebenso peinlich war mir die Aussicht, dabei gesehen zu werden, wie ich mit klatschnassem Haar aus der Damentoilette kam, aber sie ließ mich nicht los. Sie machte ihre Handtasche auf und nahm eine kleine Tube mit irgendwas heraus – Cold Cream wahrscheinlich – und betupfte damit die Platzwunde auf meiner Stirn. Dann nahm sie einen Kamm aus ihrer Handtasche, zog einen Scheitel durch mein klatschnasses Haar und trocknete mir mit ihrer Schürze das Gesicht ab. Als sie sich über mich beugte, konnte ich sehen, daß ihre Sommersprossen den Hals hinunter immer größer wurden und daß ihre Brüste ganz braun waren. »Da haben wir's schon«, sagte sie und ließ meinen Hals los, und ich bemühte mich, beim Verlassen der Damentoilette nicht mit ihr gesehen zu werden, aber ihr schien das scheißegal zu sein.

Sie machte ganz auf sachlich und Geschäft, bis ich zu Ende gefrühstückt hatte. Dann schaute sie auf mich herab, wie Kellnerinnen das so an sich haben, während sie so tun, als schauten sie nach schmutzigem Geschirr, und sagte: »Da hockt ein Freund von Ihnen draußen in der Gasse. Sie sollten lieber mal nach ihm sehen, finde ich.«

»Wer?« fragte ich. »Weiß ich nicht«, sagte sie. »Aber es ist einer aus Ihrer Mannschaft.« Da sie wußte, daß sie nichts weiter zu sagen hatte, räumte sie das Geschirr ab, und ich zahlte, und dann führte sie mich durch die Küche und öffnete die Tür, die auf die Gasse führte.

Er saß auf einem Karton mit alten Zeitungen. Obwohl der Kopf gesenkt war, war es zweifellos doch der des Kochs, denn in einer Welt von Männern mit schwarzen Hüten war er immer barhäuptig mit einem Büschel oben drauf. Eine der alten Zeitungen lag auf dem Boden zwischen seinen Beinen, und er saß darübergebeugt, als läse er darin, nur daß Blut auf sie herabtropfte von seinem unsichtbaren Gesicht. Ich ging langsam auf ihn zu, um mir Gewißheit zu verschaffen über das Blut.

»Was ist passiert?« fragte ich. »Ich bin abgebrannt«, sagte er, ohne den Kopf zu heben. »Aber bist du verletzt?« fragte ich. »Ich bin abgebrannt«, wiederholte er.

»Wie kommt das?« fragte ich. »Die haben mich ausgenommen«, erwiderte er. »Wer?« fragte ich. Er schaute zu mir auf, und als er den Kopf hob, lief ihm das Blut von der Oberlippe in den Mund.

Schließlich sagte er: »Sie war so schleimig wie Kutteln im Topf.«

Da ich diese Zeile schon einmal skandiert hatte, zögerte ich nicht mit meiner Frage: »War sie bloß so eine kleine Hure?« Er antwortete: »Ich fühle mich nicht verletzt. Ich fühle mich ausgenommen. Ich brauche Geld, um nach Butte zu kommen.« Ich wiederholte: »War sie bloß so eine kleine Hure, die dich ausgenommen hat?« Er erwiderte: »Sie hatte einen großen Kerl dabei. Die haben mich zusammengeschlagen und mir mein Geld abgenommen.« Ich fragte: »Hatte er einen behaarten Arsch?« Er erwiderte: »Seinen Arsch habe ich nicht gesehen.«

»Tja«, verriet ich ihm, »sein Arsch ist behaart.«

Dann sagte ich mir: »Sei nicht so ein Klugscheißer«, und eine große Scham überkam mich, weil ich ihm eine Angeberfrage gestellt hatte, die er unmöglich beantworten konnte. Inzwischen war ihm das Blut auch in die Mundwinkel gelaufen. Dann war es, glaube ich, mein Vater, der zu mir sprach aus dem Wirbelwind meiner Gedanken, und er sagte zu mir, als hätte er gerade eben die Bibel geschrieben: »Übet Euch im Mitgefühl.« Mein Vater nahm für sich das Recht in Anspruch, zu mir bei jeder Gelegenheit und über jedes Thema zu sprechen, auch wenn er gar nichts davon verstand. Seine Stimme war es, die fortgesetzt zu mir vom Kartenspielen sprach, und zusammengefaßt sagte er mir, daß ich nicht frohlocken solle, weil jemand mit großen Gaben im Handhaben von Karten sich als nicht so guter Kartenspieler erwiesen habe, nur weil es ihm im Innern an etwas Kleinem mangele (wie er sich ausdrückte). Obwohl mein Vater absolut keine

Ahnung von Spielkarten hatte, klang das, was er sagte, ganz nach ihm, einschließlich seiner Ahnungslosigkeit, was Karten oder den Koch anging.

»Wieviel brauchst du?« fragte ich. »Würdest du mir zehn Dollar leihen? Ich zahl sie dir zurück.«

Wie ich mich erinnerte, waren es ungefähr 170 Meilen bis Butte, und der Fahrpreis für den Bus war drei Cents pro Meile.

Ich sagte ihm: »Nein, ich leihe dir überhaupt nichts. Aber ich gebe dir genug, um nach Butte zu kommen. Ich gebe dir $ 7,20. Sie gehören dir, und ich will sie nicht zurückhaben.«

Er senkte den Kopf und streckte die Hand aus, und wieder tropfte das Blut auf die Zeitung.

Ich ging ins Restaurant, und da es noch längst nicht Zeit zum Mittagessen war, war Miss Braune Brust ganz allein. Ich sagte zu ihr: »Es ist der Koch.« »Ja?« sagte sie. Ich sagte: »Es ist der Koch.« Sie sagte: »Ja?« Ich wußte, ich mußte noch etwas sagen. Also sagte ich: »Er ist verletzt. Würden Sie ihn waschen und ihm etwas zu essen geben?« Sie fragte: »Hat er denn Geld?« Und ich sagte: »Ja«, und sie sagte: »Vorhin hatte er kein Geld, und der Chef hat ihn rausgeschmissen«, und ich sagte: »Jetzt hat er Geld«, und sie sah mich an und sagte: »Bringen Sie ihn rein.«

Also ging ich raus und brachte den Koch rein, und ich vertraute ihn dem Mädchen aus Darby an, die ihn in die Damentoilette brachte und die Tür verschloß.

Dann ging ich auf die Straße und machte mich auf zum Korral, wo Bill, wie ich wußte, aufsattelte.

Bills Hund war dort und sah mich, als ich noch weit weg war. Er stand auf und kam auf mich zu. Ich hörte, wie Bill etwas aus dem Korral zu ihm sagte, und der Hund hörte auf zu knurren, kam aber weiter auf mich zu. Er ging um mich herum, als wäre ich ein Baum, schnüffelte einmal an mir und ging dann zurück, legte sich auf den Weg und beobachtete die Pferde. Er lag flach auf seinem langen Bauch. Auch sein Hals war lang ausgestreckt, und er tatschte sich mit den Vorderpfoten über die Nase. Von vorne war nicht mehr von ihm zu sehen als seine großen Augen und seine Bulldoggenohren. Neben einem Auge klaffte eine Wunde, und wo sie noch suppte, hockte eine Fliege, die er immer wieder zu verscheuchen versuchte. Der Hund lag da und wachte über uns, als wären wir Schafe.

Bill sagte: »Ein Mädchen hat ihn heute morgen hergebracht.«

»Hatte sie Sommersprossen?« fragte ich. »Jede Menge«, sagte er.

»Sie ist lieb«, erzählte ich freiwillig. »Sie bedient da in dem griechischen Laden. Ich hab hier eine Nachricht für dich, die sie dir geschrieben hat, als sie meinte, sie könnte den Hund vielleicht nicht rechtzeitig herbringen. Sie wollte sichergehen, daß du sie von mir bekommst.«

»Danke«, sagte er und steckte sich den Brief in die Hemdtasche neben den Bull-Durham-Tabakbeutel. Der Hund wußte, daß wir über ihn redeten, also stand er auf, kam zu uns herüber und blieb neben uns stehen, bereit zum Gehorsam.

Bill nahm nur fünf Pferde mit zurück, sein eigenes Sattelpferd Big Moose mitgezählt, und alle, bis auf eines, ein Packpferd, waren schon gesattelt. Ich ging ins Lagerhaus, holte

Decke und Sattel und verbrachte extra viel Zeit damit, die Satteldecke auf dem Rücken des Pferdes zu glätten. Schließlich sagte ich: »Sie ist wirklich lieb« und zeigte dabei auf seine Hemdtasche.

Bill guckte über den Sattel und auf mich herab. »Sie ist noch ein junges Ding«, sagte er. »Warum gehst du nicht mit ihr aus?«

Er war offenbar der Meinung, ich vertrödelte nur Zeit damit, daß ich es so peinlich genau mit der Decke nahm. Er nahm den Sattel, den ich vor meinen Füßen fallengelassen hatte, und legte ihn selber auf das Pferd.

»Wie viele Pferde bepackst du für den Rückweg?« fragte ich. Er sagte: »Die bleiben alle unbepackt, außer dem ›Original‹.« Da wußte ich, daß er schnell vorwärtskommen wollte.

›Das Original‹ war ein großes eisengraues Pferd, das schneller und zäher war als jedes Maultier. Und wahnsinniger. Überall hieß es, daß es aus dem Grunde ein Original genannt wurde, weil seiner Kastration ein Hoden entgangen war und es somit weder Wallach noch Hengst war. Man hätte jedoch glauben können, daß er zwei oder drei vollständige Paar Hoden besäße. Sobald man ihm abends den Sattel abnahm, jagte er schon den Stuten hinterher, und auch wenn man ihm die Vorderbeine zusammenband, schien das kaum etwas zu ändern. Es war das einzige Pferd, das ich je gesehen habe, das mit gefesselten Vorderbeinen und nur einem Hoden eine Stute einholen und bumsen konnte. Nachdem es die Stuten durch hatte, ging es los mit der Jagd auf die Wallache. Wer morgens die Pferde zusammenzutreiben hatte, mußte schon lange vor Tagesanbruch damit anfangen, denn später konnte er von Glück sagen, wenn er auch nur eines in seiner Koppel in Idaho fand.

Ich ging langsam ins Lagerhaus, um seine Packlasten zu holen. Ich ging langsam, weil ich mir wünschte, mit Bill zurückzureiten. Hier im Talgrund war es Spätsommer und heiß am Mittag. Heute abend würden sie ihr Lager bei Big Sand auf der Wasserscheide aufschlagen, wo es längst Herbst war. Dort waren die Nadeln der Tamarak-Lärchen schon gelb geworden. Ein Hauch von Eis umrandete den See am Morgen. Ich wäre zu gern am Morgen aufgestanden, um selbst die Pferde zusammenzutreiben, vorausgesetzt, Bill hätte mir erlaubt, das Original am Abend zuvor an einem zwei Tonnen schweren Baumstamm anzupflocken. Wenn ja, würde ich vielleicht noch einmal den schönsten Klang vernehmen, der durch die Dunkelheit dringt – das Glockenläuten einer Leitstute. Vielleicht würde ich auch bei Tagesanbruch meinen Elch sehen, dampfend stampfend neben einem Seerosenblatt. Es ist gewiß, daß ich für eine oder zwei Stunden im Leben wieder höher stehen würde als die Schneeziegen und über nahezu allen Menschen. Und es ist gewiß, daß ich, falls ich nicht ausgetrocknet wäre, auf die Staatsgrenze pissen und mich fragen würde, wohin in aller Welt es geflossen war.

Ich hängte auf jede Seite des Originals eine Packlast. Mir ist egal, was alle sagen, es ist von großem Vorteil, ein großer Mann zu sein, wenn man Packer ist. Ich gebe zu, ich habe manche guten Packer gesehen, die mittelgroß waren, und sogar einige, die klein waren, aber ein großer Mann hebt eine Packlast hoch, stemmt sie vor sich her, und dann ist die Last etwa da, wo er sie auf dem Sattel hinhaben will, und er kann mit allem direkt vor seinen Augen arbeiten. Mit siebzehn war ich wohl fünf Fuß neun groß, und ich mußte mir die Last auf die Schultern laden und von unten arbeiten, wobei ich manchmal die Knoten nicht sah, die ich band, und auch manchmal meine Sätze nicht beendete.

»Der Koch...« sagte ich, und die Last verrutschte, als ich sie auf den Sattel heben wollte, und außerdem wußte ich nicht weiter.

»Er hat heute morgen nicht gut ausgesehen«, sagte ich, obwohl ich die Last immer noch nicht gut im Griff hatte.

»Was war denn los?« fragte Bill. Bill sah selber nicht besonders gut aus. Als er den Kopf zurückbog, um die Last wieder hochzustemmen, sah ich in seiner Nase getrocknetes Blut, und seine Hände waren geschwollen, und wir packten langsam weiter.

»Die haben ihn ausgenommen und halbtot geschlagen«, sagte ich. »Haben sie ihm seine ganze Knete abgenommen?« fragte Bill. »Ich mußte ihm Geld geben, damit er nach Butte fahren kann«, sagte ich ihm.

Der Hund hatte mitgekriegt, daß wir nicht mehr über ihn redeten, also lief er zurück, um die Pferde zu beobachten.

»Sieben Dollar und zwanzig Cents«, sagte ich. Man konnte fast hören, wie Bill auf der anderen Seite 170 Meilen mit drei Cents multiplizierte. »Das reicht«, sagte er.

Ich wollte unheimlich gern noch etwas über den Koch sagen, aber dem Hund wurde es unbehaglich, und er stand auf, ging mit steifen Beinen im Kreis und legte sich wieder hin. Er sah viel älter aus als im letzten Frühling, als ich ihn zuletzt gesehen hatte. Außer einer offenen Wunde in Augennähe hatte er mehrere frische Schrammen, die sich auch in Augennähe befanden. Ich dachte mir: »Was kann man schon erwarten, wenn man davon lebt, sich mit Kojoten rumzuschlagen?« Also sagte ich nicht, was ich noch über den Koch dachte, und zwar aus Angst, ich könnte in der gleichen mißlichen Lage enden wie der Hund.

Obwohl Bill das Original nur mit leichter Last belud, zurrten wir diese doch fest mit einem Diamantknoten zusammen, denn offenbar wollte er schnell vorwärtskommen. Bill warf die Schutzplane über die Last, und jeder zog sie auf seiner Seite straff. Bill warf mir unter dem Pferd den Gurt zu und fragte: »Was wirst du nächsten Sommer machen?« Erst als ich meine zitternde Antwort hörte, wußte ich, wie lange ich auf diese Frage gewartet hatte. »Bis jetzt noch nichts«, antwortete ich.

»Wir sollten diese letzte Last mit einem Doppel-Diamant festzurren«, schlug er vor. »Gut«, sagte ich. »Würdest du gerne im nächsten Sommer für mich arbeiten?« fragte er.

Ich suchte nach Worten wie »Privileg« und »Ehre« und sagte schließlich nur: »Abgemacht.«

»Abgemacht«, erwiderte er. »Ich schreib dir dann vor Frühlingsanfang.«

»Wenn ich nächsten Frühling herkomme«, sagte ich, versteckt hinter meiner Seite des Pferdes, »gehe ich aus mit dem Mädchen mit den vielen Sommersprossen.«

»Sie ist lieb«, sagte er, »richtig lieb.«

»Ich weiß«, sagte ich.

Plötzlich wurde mir klar, daß ich lange Zeit Angst gehabt hatte, denn auf einmal hatte ich keine Angst mehr. Ich hatte die ganze Zeit Angst gehabt, seit ich mit Bill in Schwierigkeiten geraten war, aber nicht gewagt hatte, es mir einzugestehen. Ich glaube nicht, daß ich mich wirklich davor gefürchtet hatte, daß er mir jemals eine verpassen würde, denn ich glaube nicht, daß ich jemals auf den Gedanken gekommen bin, daß er das wirklich tun würde. Ich hatte Angst, weil ich etwas verlieren mußte, dem zu gleichen ich mir wünschte, und es doch behalten wollte, sobald die Schwierigkeiten vorüber waren.

Über unsere letzte Last des Sommers zurrten wir den Doppelten Diamantknoten, und dann war Bill zur Abreise bereit. Er band seinen Troß nicht zusammen – er hatte seine besten Pferde ausgesucht, und die würden einander folgen.

Wir standen neben *Big Moose*, seinem riesigen Sattelpferd. Wir standen dicht zusammen und sagten kein einziges Wort. Dann wandte er sich leicht um, drehte seinen Steigbügel und schwang sich mit dem Rücken zu mir im Bogen von 180 Grad in den Sattel. Als er seinen Halbkreis vollendet hatte, blickte er vom Himmel auf mich herab. Aus meinem Blickwinkel von unten sah ich direkt den Lauf seiner 45er hoch und in seine Nasenlöcher, die blutverkrustet waren.

»Ich seh dich dann«, sagte er.

»Ich dich auch«, sagte ich, wußte aber nicht so richtig, was ich meinte.

Ich öffnete das Gatter des Korrals, und sobald der Trupp auf der Straße war, nahm jeder seinen eigenen Charakter an, und gemeinsam wurden alle zu Bills Troß. *Big Moose* verfiel sofort in seinen Gang von fünf Meilen die Stunde; dunkelbraun und elchgleich, mit zurückgeworfenem Kopf, bewegte er sich unangestrengt und fast leichtfüßig vorwärts. Daß er fünf Meilen in der Stunde zurücklegen konnte, wurde einem erst klar, wenn man merkte, daß die anderen Pferde, vom Original abgesehen, zurückfielen und dann hin und wieder traben mußten, um aufzuholen. Das Original schlug nach jedem Pferd aus, das ihm zu nahe kam. Der Hund trabte auf einer Seite, blieb hin und wieder mit erhobener Pfote stehen, wobei er im Kopf offenbar die Karawane vor allen möglichen Angriffen und jeglichen Kombinationen von Kojoten beschützte. Bill saß auf seinem Sattel so verdreht, wie es das ägyptische Flachrelief zeigt.

Gemeinsam stellte Bills Truppe – bestehend aus Bill, seinem Lieblings-Sattelpferd, seinem Lieblings-Packpferd und seinem Hund – in etwa das Beste dar, was der Forstdienst in seiner Frühzeit zu bieten hatte.

Eine Zeitlang führte die Straße hauptsächlich ins Tal hinunter und näherte sich nur wenig den Bergen, doch dann bog sie plötzlich nach links ab und führte fast geradewegs zum Blodgett Canyon. Bill behielt seine Pferde beinah bis zur Biegung im Auge. Dann muß er sich in die Steigbügel gestellt haben, denn plötzlich nahm er den Hut ab und winkte mir mit großer Geste zu, und ich stand auf dem mittleren Gatter des Korrals und winkte mit großer Geste zurück. Es muß ihm großartig zumute gewesen sein. Wieso auch nicht? Vielleicht zum erstenmal seit Jahren war der Ranger aus einem Kartenspiel rausgekommen, während er noch vorne lag mit – $ 7,20. Obwohl es mir immer noch nicht gut ging, war auch mir großartig zumute. Ich hatte das Versprechen, daß ich wieder für ihn arbeiten durfte. Ich war erst siebzehn, und ich hoffte mehr als je zuvor, eines Tages Packer zu werden.

Dann bog der Troß nach links ab und trottete in einer Linie in Richtung Blodgett Canyon, begleitet vom Fleck eines Hundes an der Seite, der immer treu dieselbe Entfernung von den Pferden hielt. Allmählich gingen der trottende Hund und die trottenden Pferde in ein allgemeines Bild von schleichenden Tieren über, und das Tier an der Seite wurde ein Fleck, und die in einer Linie wurden einfach eine Linie. Langsam löste sich die Linie in einzelne Teile auf, und alle Teile flogen auf und davon, zerstoben zu Staub, aus dem sich nur eines ausfällte, ein Punkt, wie aus einem Morse-Alphabet. Der Punkt muß im Morse-Alphabet für ein breites Kreuz und einen schwarzen Hut gestanden haben. Nach einer Weile wurde das Sonnenlicht selber körperlos. Dem Sonnenlicht haftete überhaupt nichts mehr an, und die Öffnung des Blodgett Canyons war nichts weiter als ein riesiges Loch im Himmel.

»Der weite Himmel«, wie wir in Montana sagen.

Obwohl ich es damals gar nicht wissen konnte, sollte ich die Bitterroot-Berge nie wieder überqueren. Als der Frühling kam, wurde mir ein Sommerjob beim Ingenieurskorps des Forstdienstes in einer Kartographenmannschaft angeboten, die im Kootenai Forest arbeiten sollte. Ich habe mir lange den Kopf darüber zerbrochen, warum es mir im Frühjahr 1920 so vorkam, als sei es besser, einen anderen und professionelleren Job in einem anderen Teil des Waldes zu haben, als wieder für Bill Bell zu arbeiten, und ich glaube, die Antwort hat etwas damit zu tun, daß ich achtzehn wurde. Es war mir sehr bewußt, daß ich achtzehn wurde.

Und so sollte ich Bill Bell niemals wiedersehen, auch keinen der anderen Männer. Und auch nicht das Mädchen aus Darby, das so alt war wie ich. Als der Punkt des Morse-Alphabets in den Himmel verschwand, war eine weitere Sommermannschaft des »Forstdienstes der Vereinigten Staaten« gekommen und für immer gegangen.

Es war alles geschehen, was geschehen sollte, und alles, was zu sehen gewesen war, war verschwunden. Es war jetzt einer jener Augenblicke, in denen nichts weiter bleibt als eine Öffnung im Himmel und eine Geschichte – und vielleicht etwas von einem Gedicht. Es stehen jedenfalls, wenn Sie sich vielleicht erinnern, diese Zeilen vor der Geschichte:

Und dann denkt er, er kennt
Die Berge, wo sein Leben erstand…

Diese Worte sind jetzt Teil der Geschichte.

DIE HOLZFÄLLER, DER ZUHÄLTER UND »DEIN KUMPEL JIM«

So richtig aufmerksam geworden bin ich auf ihn zum erstenmal an einem Sonntagnachmittag in der Baracke eines Holzfäller-Camps der Anaconda Company am Blackfoot River. Er und ich und noch ein paar Männer lagen auf unseren Betten und lasen, obwohl es an diesem Sommernachmittag in der Baracke warm und schummrig war. Die anderen redeten miteinander, aber mir kam alles ruhig vor. Wie sich nach wenigen Minuten zeigen sollte, hatte sich das Gespräch um die *Company* gedreht, und ich hatte es wahrscheinlich deshalb nicht gehört, weil die Holzfäller ihre üblichen Klagen über die Company anstimmten – sie waren mit Leib und Seele in den Besitz der Company übergegangen, und der Company gehörte ganz Montana, die Presse, die Priester und so weiter; der Fraß war so mies wie der Lohn, den die Company den

Männern sowieso gleich wieder abknöpfte, indem sie für alles überhöhte Preise im firmeneigenen Verpflegungsmagazin forderte, und die Männer waren gezwungen, dort einzukaufen, denn wo sollten sie sonst einkaufen, tief draußen im Wald. Irgendwas in der Art mußten sie gesagt haben, denn urplötzlich hörte ich, wie er in die Ruhe reinplatzte: »Maul halten, ihr unfähigen Hurensöhne. Ohne die Company würdet ihr doch alle vor Hunger verrecken.«

Zuerst war ich mir nicht sicher, ob ich das gehört und er das auch gesagt hatte, aber er hatte es gesagt. Jetzt war wirklich alles ruhig, und alle blickten auf sein kleines Gesicht in dem großen Kopf mit dem großen Körper hinter einem Ellenbogen auf seinem Bett. Nach einer Weile rührten sich ein paar und wer sich da, einer nach dem anderen, rührte, verschwand im Sonnenschein draußen vor der Tür. Niemand von ihnen sagte ein einziges Wort, und das war in einem Holzfäller-Camp, und die Männer waren groß und stark.

Während ich so auf meinem Bett lag, wurde mir klar, daß ich ihn jetzt eigentlich nicht zum erstenmal bemerkt hatte. Zum Beispiel wußte ich schon, wie er hieß, sein Name war Jim Grierson, und ich wußte, er war ein Sozialist, der den radikalen Arbeiterführer Eugene Debs für einen Schlappschwanz hielt. Wahrscheinlich haßte er die Company mehr als jeder andere Mann im Camp, aber die Männer haßte er mehr als die Company. Es war auch klar, daß ich ihn schon früher bemerkt hatte, denn als ich überlegte, wie ich wohl bei einer Schlägerei mit ihm abschneiden würde, entdeckte ich, daß ich die Antwort bereits wußte. Ich schätzte sein Gewicht auf 185 bis 190 Pfund, und somit war er mindestens 35

Pfund schwerer als ich, aber ich meinte, besser ausgebildet worden zu sein und ihn aufs richtige Maß zusammenstauchen zu können, wenn ich die ersten zehn Minuten heil überstehen könnte. Ich meinte auch, daß ich die ersten zehn Minuten wahrscheinlich nicht heil überstehen würde.

Ich wandte mich nicht wieder meiner Lektüre zu, sondern lag einfach da auf der Suche nach einem interessanten Gegenstand, über den nachzudenken sich lohnte, und schließlich war mein Interesse von der Erkenntnis gefesselt, daß ich meine Chancen in einem Kampf mit Jim schon längst abgeschätzt hatte, bevor ich ihn bemerkt zu haben glaubte. Fast vom ersten Augenblick an, als ich Jim sah, muß ich mich bedroht gefühlt haben, und anderen ging es offenbar ebenso – später, als ich ihn besser kennenlernte, waren meine sämtlichen Gedanken an ihn von der Frage gefärbt: »Er oder ich?« Er hatte soeben die Macht über die Baracke, mich ausgeschlossen, an sich gerissen, und jetzt rumorte er auf seinem Bett, um sein Unbehagen über meine Anwesenheit zu zeigen. Eine Zeitlang hielt ich das aus, nur um meine Daseinsberechtigung zu beweisen, aber da ich jetzt nicht mehr lesen konnte, kam mir die Baracke heißer vor als je zuvor; und nachdem ich sorgfältig erwogen hatte, was für Folgen mein Nichterwünschtsein haben mochte, stand ich auf und schlenderte hinaus, während er sich auf die Seite rollte und seufzte.

Am Ende des Sommers, als ich wieder zurück zur Universität mußte, wußte ich sehr viel mehr über Jim, und wir hatten tatsächlich abgemacht, im nächsten Sommer als Partner zu arbeiten. Es brauchte nicht lange um herauszufinden, daß er der beste Holzfäller im ganzen Camp war. Wahrscheinlich war er der Beste mit Axt und Säge, und er arbeitete in einem Tempo, das sich zum Teil aus Wildheit speiste. Das war damals im Jahre 1927, wie ich mich erinnere, und damals gab es selbstverständlich noch keine Kettensäge, so wie es heute am ganzen Blackfoot River kein Holzfäller-Camp mit Baracken mehr gibt, obwohl dort immer noch jede Menge Holz gefällt wird. Heute sind die Sägen Einmann-Sägen, die von leichten Hochgeschwindigkeitsmotoren getrieben werden, und die Säger sind verheiratet und leben mit ihren Familien zusammen, manche von ihnen so weit entfernt wie Missoula, und sie fahren täglich mehr als hundert Meilen mit dem Auto zur Arbeit und wieder zurück. Aber in den Tagen der Holzfäller-Camps arbeiteten die Männer meistens zu zweit an Schrotsägen, die wahre Schönheiten waren, und der höchstbezahlte Mann im Camp war der Mann, der die Sägeblätter mit Feingefühl schärfte und in Schuß hielt. Die Zweimann-Teams, die die Sägen zogen, arbeiteten entweder zum Festlohn, oder sie schufteten. Schuften, was kein schönes Wort sein sollte und ein Verb ist, zu dem es bekanntlich auch ein Substantiv gibt, hieß bei uns, daß man im Akkord arbeitete und für die Menge Holz bezahlt wurde, die man geschlagen und gesägt hatte. Natürlich entschied man sich nur dann zum Schuften, wenn man meinte, den Festlohn und die zum Festlohn arbeitenden Männer übertreffen zu können. Wie ich schon sagte, hatte Jim mich dazu überredet, im nächsten Sommer sein Partner zu sein, und dann wollten wir im Akkord schuften und das große Geld machen. Sie können sicher sein, daß ich so meine Befürchtungen hatte, als ich mich darauf einließ, aber ich war jetzt in den letzten Semestern, war finanziell auf mich allein gestellt und brauchte das große Geld. Außerdem fühlte ich mich wohl auch geschmeichelt von der Aufforderung, Partner des besten Sägers im Camp zu werden. Allerdings war das bei weitem nicht nur die reine Schmeichelei für mich. Ich wußte auch, daß ich herausgefordert wurde. Dies war die Welt des Waldes und der harten Saisonarbeiter, denn das Holzfäller-Camp war eine Welt, in der sich Herausforderungen besonders zahlreich stellten, und wer damit gerechnet hatte, sich vor allen Herausforderungen drücken zu können, hätte sich von Anfang an nicht in den Wald verirren dürfen. Es stimmt aber auch, daß es mir bis zu einem gewissen Punkt gefiel, in seiner Nähe zu sein – er war drei Jahre älter als ich, was bisweilen eine Menge ausmachen kann, und er hatte Seiten des Lebens gesehen, mit denen ich, als Sohn eines presbyterianischen Geistlichen, nicht gerade intim vertraut war.

Es kamen in diesem Sommer noch ein paar andere Dinge über ihn zur Sprache, die ihre Auswirkungen auf den nächsten Sommer hatten, in dem wir miteinander schuften wollten. Er erzählte mir, daß er Schotte sei, was eine große Rolle spielte, denn damit waren wir zwei von der Sorte. Er sagte, daß er in den Dakotas aufgewachsen sei und daß sein Vater (ich zitiere wörtlich) ein ›schottischer Hurensohn‹ sei, der ihn aus dem Haus geworfen habe, als er vierzehn war, und seitdem habe er sich seinen Lebensunterhalt ganz allein verdient. Er erklärte mir, daß er sich seinen Lebensunterhalt nur zum Teil mit Arbeit verdiene. Er arbeitete nur im Sommer, und danach setzte sich bei ihm sozusagen seine kulturelle Seite durch. Er kroch für den Winter in irgendeinem Ort unter, der eine gute Öffentliche Bibliothek der Carnegie-Stiftung besaß, und dort besorgte er sich als erstes eine Leihkarte. Dann machte er sich auf die Suche nach einer guten Hure und verbrachte so den Winter als Leser und Zuhälter – es kann aber auch sein, daß die Reihenfolge umgekehrt war. Er sagte, daß er im großen und ganzen die Huren aus dem Süden vorziehe; Huren aus dem Süden, sagte er, seien im allgemeinen ›poetischer‹, und später habe ich wohl auch begriffen, was er damit meinte.

Also begann ich im Herbst das entscheidende Stadium meines Studiums, und das war schwer, und es wurde nicht gerade leichter durch den Gedanken, den ganzen nächsten Sommer am Ende einer Säge zu verbringen, an dessen anderem Ende dieser direkte Abkömmling eines schottischen Hurensohnes stehen würde.

Aber schließlich war es Ende Juni, und da war er nun und saß mir gegenüber auf einem Baumstamm und sah so sehr nach einer Million Dollar aus, wie ein Holzfäller nur aussehen kann. Er war ganz in Wolle gekleidet, trug ein dickes kariertes Hemd der Marke Black Watch, kurze graue Hosen und wunderschöne neue Holzfällerstiefel, aus denen oben ein schmaler weißer Streifen der Socken herausguckte. Holzfäller und Cowboys folgten vielen der gleichen ökonomischen und ökologischen Prinzipien. Sie hatten gut gewirtschaftet, wenn sie am Ende des Jahres pleite waren. Wenn sie Glück gehabt hatten und nicht krank oder sonstwas gewesen waren, hatten sie genug Geld verdient, um sich drei- oder viermal zu betrinken und sich ihre Kleidung zu kaufen. Ihre Kleidung war sehr teuer: die Männer behaupteten zwar, die

Klamotten landauf, landab zusammengeklaubt zu haben, was wahrscheinlich auch stimmte, aber Kleidung, die dem Wetter gewachsen war und der Arbeit standhielt, mußte schon etwas Besonderes sein. Am wichtigsten für die Ausrüstung von Holzfällern und Cowboys waren die Stiefel, und für die mußte man schon mehrere Monate sparen.

Jims Stiefel waren *White Loggers*, die, wie ich mich entsinne, von einer Firma in Spokane hergestellt wurden, in deren Kundenkartei neben den Namen auch die Maße verzeichnet waren. Ein großartiger Schuh, aber auch die anderen, die es gab, waren großartig – das mußten sie einfach sein. Der *Bass*, der *Bergman* und der *Chippewa*, diese Schuhe wurden alle in verschiedenen Teilen des Landes hergestellt, aber im Nordwesten trugen die meisten Holzfäller, an die ich mich erinnere, den Schuh aus Spokane.

Wie der Cowboystiefel ganz und gar fürs Reiten von Pferden und fürs Treiben von Ochsen gemacht war, war der Stiefel des Holzfällers für die Arbeit mit und auf Baumstämmen gemacht. Jims Stiefel hatten einen sechs Zoll hohen Schaft, aber es gab Modelle mit einem viel höheren Schaft – Jim gehörte nun mal zu der Schule, die Halt für die Knöchel, aber keine Schnürung am Bein wollte. Die Spitze hatte keine verstärkte Kappe, und sie wurde mit Klauenfett weich und nahezu wasserdicht gemacht. Der Schuh war so geformt, daß man damit auf Baumstämmen gehen, auf ihnen ›reiten‹ konnte. Er hatte einen hohen Rist, um sich dem Stamm anzupassen, und mit dem hohen Rist ging ein hoher Absatz einher, der zwar nicht annähernd so hoch war wie der eines Cowboystiefels, dafür aber viel robuster, denn diese Schuhe waren zum Gehen gedacht; es ging sich in der Tat darin ganz prima auf der Straße – der etwas erhöhte Absatz warf einen aus der normalen Haltung leicht nach vorn und gab einem das Gefühl, als würde einem weitergeholfen. Dieses Gefühl war übrigens das Markenzeichen dieser Schuhe.

Jim saß da, schaukelte mit dem rechten Bein über dem linken Knie und fuchtelte ziemlich viel mit dem Fuß herum, wobei er, wenn er ein Wort unterstreichen wollte, den Baumstamm, auf dem ich saß, mit der Sohle traktierte und an der Stelle eine klaffende Schramme hinterließ. Die Sohlen dieser Holzfällerstiefel boten ein Bild wie der Erste Weltkrieg, äußerst planmäßig durchzogen von Gräben und Stacheldraht – in diesem Falle planmäßig ausgerichtet zum Reiten von Baumstämmen und zum Gehen. Am wesentlichsten für die Gesamtkonstruktion waren die *caulks* oder ›corks‹, wie die Kerle sie nannten, also die Stollen; sie waren gerade so lang und spitz, daß sie Halt auf einem Baumstamm mit dicker Rinde boten, aber auch, was schwieriger war, auf einem toten Stamm, der keine Rinde mehr hatte. Natürlich wären Stollen am Rand der Sohle ausgerissen, so daß man über die eigenen Zehenspitzen gestolpert und gestürzt wäre; also nahm die Konstruktion ihren Anfang mit einer Reihe stumpfer, stabiler Nägel am Rand der Sohle und eventuell drei oder vier solcher Reihen an der Spitze. Zwischen diesen Reihen befand sich dann das Schlachtfeld aus Stollen und echtem Stacheldraht, wobei an jeder Seite der Sohle zwei Reihen Stollen verliefen, von denen auf jeder Seite eine Reihe bis in den Rist reichte, damit man Halt fand, wenn man quer auf einen Baumstamm sprang. Es war eigentlich eine schöne, wenn auch etwas primitive Konstruktion, die sich praktisch für viele Zwecke eignete – wenn zum Beispiel einige Kerle eine Schlägerei anfingen und einer zu Boden ging, konnte man nahezu sicher sein, daß der andere ihn mit seinen Stiefeln trat und ihm das Gesicht traktierte. Diese Behandlung war bekannt unter der Bezeichnung ›ihm das Leder verpassen‹, und wenn ein Kerl diese Behandlung erhalten hatte, war er für lange Zeit weg vom Fenster, und er war nie wieder sehr schön.

Jedesmal, wenn Jim aus Gründen des Nachdrucks den Stamm neben mir mit der Sohle traktierte, mußte ich mir kleine Brocken Rinde aus dem Gesicht wischen.

In der kurzen Winterpause in unserer Beziehung schien mir sein Gesicht beträchtlich größer geworden zu sein, seit ich ihn im letzten Jahr kennengelernt hatte. Aus dem letzten Jahr waren mir in Erinnerung: große Gestalt, großer Kopf, kleines Gesicht, verschlossen wie eine geballte Faust; bisweilen fragte ich mich sogar, ob nicht gerade das sein stärkster Trumpf war. Aber als er hier nun entspannt saß, mir vom Zuhälterleben erzählte und mir dabei Rinde ins Gesicht sprühte, sah er insgesamt groß aus, einschließlich Nase und Augen, und er sah gut aus, und es war klar, daß ihm das Zuhälterleben Spaß machte – zumindest vier oder fünf Monate im Jahr –, und besonderen Spaß machte es ihm, Rausschmeißer in seinem eigenen Laden zu sein, aber selbst das, sagte er, werde langweilig mit der Zeit. Es tue gut, wieder draußen im Wald zu sein, sagte er, und es tue gut, mich zu sehen – auch das sagte er –; und es tue gut, wieder bei der Arbeit zu sein, das sagte er mehrmals.

Das lief weitgehend alles in den ersten drei oder vier Tagen ab. Wir ließen es sachte angehen, wobei jeder dem anderen zugestand, vom Winter her noch schlapp zu sein, und außerdem hatte Jim noch nicht sein Seminar übers Zuhälterdasein, das er für mich abhielt, beendet. Zuhälter zu sein ist ein bißchen komplizierter, als der unschuldige Zeitgenosse sich vielleicht vorstellt. Man mußte sich nicht nur eine Hure suchen (stämmig mußte sie sein und aus den Südstaaten stammen, d.h. ›poetisch‹ sein), die bei Laune gehalten werden mußte (indem man sie nachmittags ins Bijou-Theater ausführte), und man mußte nicht nur den Kuppler spielen (indem man alle Schweden, Finnen und Franko-Kanadier anschleppte, die man im Wald kennengelernt hatte), sondern man mußte auch sein eigener Schnapsbrenner und -schmuggler sein (es war immer noch Prohibition), selbst die Polizei schmieren (es war eben so, wie es immer war) und sein eigener Rausschmeißer sein (was eine sportliche Note ins Spiel brachte). Aber nach wenigen Tagen, in denen wir uns jede Stunde einmal ausruhten, hatten wir das Thema ziemlich abgegrast, und noch immer schien keiner ein Interesse daran zu haben, die Rede auf den Sozialismus zu bringen.

Ich nehme an, wenn man jemanden zu hassen beginnt, durchläuft man zunächst ein Frühstadium, in dem einem einfach nichts mehr einfällt, worüber man sich unterhalten kann. Damals meinte ich, es sei mir eben verdammt egal, ob er sich am liebsten stämmige Huren aus den Südstaaten holte. Außerdem kamen wir langsam ein bißchen in Form. Wir ließen die Ruhepausen sausen und nahmen uns mittags nur eine halbe Stunde Zeit zum Essen, und beim Essen schärften wir unsere Äxte an unseren Karborund-Schleifsteinen. Langsam verfielen wir ins Schweigen, und das Schweigen an sich ist ein Feind der Freundschaft; wenn wir ins Camp zurückgekehrt waren, ging jeder seiner eigenen Wege, und nach einer Woche redeten wir nicht mehr miteinander. Nun, dieser Umstand hätte an sich noch kein verdächtiges Omen gewesen sein müssen. Viele Säge-Teams arbeiten schweigend, weil die Männer an den Sägen eben weitgehend schweigsam sind, und natürlich kann keiner reden und gleichzeitig Tausende Kubikfuß von Brettern liefern. In einigen Sägeteams hassen sich die Männer sogar, und trotzdem arbeiten sie Jahr für Jahr zusammen, kennen sie doch, wie in dem alten New Yorker Baseballteam der *Celtics*, die Züge des anderen, ohne erst hinsehen zu müssen. Aber unser Schweigen war anders. Es hatte nicht viel mit Effizienz und hoher Produktivität zu tun. Als er das Schweigen mit der Frage brach, ob ich nicht von einer Sechs-Fuß-Säge auf eine Sieben-Fuß-Säge umsteigen wollte, wußte ich, daß ich um mein Überleben sägen mußte. Ein sechs Fuß langes Sägeblatt war bei weitem lang genug für die Stämme, die wir zersägten, und ein längeres Sägeblatt hätte für mich nur geheißen, ebenfalls eine längere Säge zu ziehen.

Die Tage wurden langsam heißer, und ich war halb hinüber, wenn ich am Ende eines Arbeitstages ins Camp zurückkehrte. Ich stöberte dann in meinem Seesack nach sauberer Unterwäsche, sauberen weißen Socken und einem Stück Seife und ging damit zum Creek. Hinterher saß ich am Ufer, bis ich trocken war. Dann fühlte ich mich besser. Das war eine Regel, die ich im ersten Jahr meiner Arbeit im Forstdienst gelernt hatte – wenn man erschöpft ist und Selbstmitleid hat, muß man wenigstens die Socken wechseln. An den Wochenenden verbrachte ich viel Zeit damit, meine Sachen zu waschen. Ich wusch sie sorgfältig, und ich erwartete, daß sie weiß waren und nicht grau, wenn ich sie trocken von den Büschen nahm. Ich verließ mich zunächst also auf die einfachen kleinen Hausmittel wie eben die Reinlichkeit.

Ich hatte auch eine Phase, in der ich auf Sprichwörter verfiel und versuchte, mir selbst, mit einiger Berechtigung, die Schuld zuzuschieben. Den ganzen Winter über hatte ich eine ziemlich klare Ahnung gehabt, daß mir so etwas passieren würde. Nun versuchte ich es philosophisch zu nehmen und sagte mir: »Tja, Freundchen, wer mit dem Stier spielt, muß auch mit den Hörnern rechnen.« Aber wenn man aufgespießt wird, bieten Sprichwörter nicht viel Trost.

Allmählich verschwand ich jedoch aus dem Bild, das ich von mir und dem Geschehen hatte, und er war es, der meine Gedanken beherrschte. In diesen Träumen, von denen ich manche auch am Tage hatte, zog ich immer an der Säge, während er am anderen Ende stand und immer größer wurde, sein Gesicht aber immer kleiner und immer näher kam, bis es schließlich durch den Spalt im Stamm gekommen sein mußte, und da nun kein Stamm mehr zwischen uns war, drohte das Gesicht auf der Säge weiterzugleiten, bis es mit mir zusammenstoßen mußte. Bisweilen kam es so dicht heran, daß ich sehen konnte, *wie* es kleiner wurde – es drehte sich zuckend um die Nase herum zusammen; und irgendwann im Verlauf meines Traums wachte ich auf, erschöpft von dem Bemühen, vor dem zurückzuweichen, was ich da träumte.

In einem späteren Stadium meiner Erschöpfung gab es

keinen Traum mehr, auch keinen Schlaf, sondern nur ein anhaltendes Durstgefühl und die Wahrnehmung einer Folge von Ereignissen von solch niederer biologischer Ordnung, daß sie normalerweise der Aufmerksamkeit entgingen. Die ganze Nacht über wechselten Seufzer mit Grunzern und Bauchgrummeln ab, und etwa eine Stunde, nachdem alle im Bett waren und mutmaßlich schliefen, kam es zu Versuchen homosexueller Annäherung, die gewöhnlich erfolglos blieben, wenn die Statistik, die ich führte, auch nur im mindesten repräsentativ war. In der Baracke war es fast völlig still. Plötzlich sprang jemand in seinem Bett auf, schlug einen anderen Jemand mit der Faust und brummte: »Du dreckiges Schwein.« Dann schlug er ihn noch vier- oder fünfmal, schnelle, harte Schläge. Der andere Jemand schlug niemals zurück. Er versuchte vielmehr, keinen Lärm zu machen, und kehrte mit traurigen Schritten zurück in sein Bett. Es war noch früh in der Nacht, zu früh, um an den Tagesanbruch zu denken. So lag man still die Stunden ab und hatte das Gefühl, als hätte man den ganzen vergangenen Tag nur aus einem galvanisierten Eimer getrunken – schließlich schmeckte jeder Gedanke an Wasser galvanisiert.

Nach zwei oder drei solchen Nächten kam man zu der Erkenntnis: du läßt dich nicht unterkriegen. Du kannst wahrscheinlich nicht gewinnen, aber du läßt dich nicht unterkriegen.

Ich möchte zwar nicht in die fachlichen Details des Holzfällens und Sägens gehen, aber ich muß Ihnen doch eine gewisse Vorstellung von der Tageswirklichkeit geben und Ihnen eine gewisse Ahnung davon verschaffen, was im Wald vor sich ging, während ich danach trachtete, am Leben zu bleiben. Jim legte ein Tempo vor, das mich fertigmachen sollte – es würde schließlich auch ihn fertigmachen, aber mich zuerst. So bestand das Problem, allgemein gesagt, darin: ihn in seinem Tempo zu stören, ohne sich direkt dabei erwischen zu lassen; denn nachdem ich eine Woche mit diesem Jack Dempsey am anderen Ende der Säge gearbeitet hatte, wußte ich, daß ich überhaupt keine Chance hatte, wenn er mir einen Schlag verpassen sollte. Doch hätte ich mir lieber Schläge von ihm eingehandelt, als ihn je darum zu bitten, langsamer mit der Säge umzugehen. Wer das anders sah, war einfach kein Holzfäller. Die Welt des Waldes und der wandernden Saisonarbeiter bestand im großen und ganzen aus drei Dingen: Arbeit, Schlägereien, Weiber; und der vollkommene Holzfäller mußte in allen drei Disziplinen auf Draht sein. Aber wenn es zu der bitteren Wahl kam, konnte er kein Holzfäller bleiben, wenn er sich bei der Arbeit ausstechen ließ. Wenn ich jemals um Gnade an der Säge gebeten hätte, hätte ich genausogut gleich meine Klamotten in den Seesack packen und weiterwandern können.

Also versuchte ich, Jim schon aus dem Takt zu bringen, noch bevor wir mit einem Stamm anfingen. Oft müssen die Säger vor dem Sägen noch ein bißchen entstrüppen, was heißt, sie müssen mit der Axt Buschwerk und junge Strauchkiefern schlagen, die sonst beim Sägen stören würden. Ich glaube, daß ich naturgemäß davon mehr machte als Jim, und jetzt machte ich davon soviel, wie ich nur wagte, und das trieb ihn zur Weißglut, besonders, weil er mich deshalb schon zu Beginn der Arbeitssaison angebrüllt hatte, als wir noch miteinander redeten. »Mein Gott«, hatte er gesagt, »du bist kein echter Schufter. Solange ein Kerl nicht an der Säge steht, macht er auch kein Geld. Hier draußen bezahlt dich keiner fürs Jäten im Garten.« Wenn er zu einer Sägestelle ging und eine kleine Strauchkiefer stand ihm im Wege, drückte er sie beiseite und stellte sich mit dem Fuß drauf, während er sägte, und zerfetzte die Blaubeerbüsche. Es war ihm verdammt egal, ob ihm die Büsche in die Säge gerieten. Dann zog er einfach stärker.

Was die große Sache angeht, das Sägen, so ist das etwas Wunderschönes, wenn man rhythmisch zusammenarbeitet – manchmal vergißt man, was man tut, und verliert sich in Abstraktionen von Kraft und Bewegung. Aber wenn auch nur für kurze Zeit das Sägen nicht rhythmisch vor sich geht, wird es zu einer Art Geisteskrankheit – vielleicht sogar noch tiefer verstörend als das. Es ist, als ob das Herz nicht richtig arbeite. Jim hatte uns natürlich aus dem Grundrhythmus gebracht, als er daran ging, mich in Grund und Boden zu sägen mit seinem selbst für ihn zu schnellen und zu langen Zug an der Säge. Die meiste Zeit folgte ich seiner Vorgabe; das mußte ich einfach, doch ich nahm mir auch Phasen, in denen ich die Säge nicht ganz so schnell und weit zu mir herüberzog, wie er sie zu sich zurückzog. Ich kam nur ganz leicht aus dem Takt, kaum merklich, so daß er nicht schimpfen konnte, aber doch so deutlich, daß er mitbekam, was ich tat. Um sicherzugehen, daß er es mitbekam, nahm ich urplötzlich wieder seinen Takt auf.

Ich will nur noch einen weiteren Trick erwähnen, den ich mir in der Hoffnung ausdachte, Jim durch häufige Adrenalinverluste zu schwächen. Säger haben viele kleine, aber dennoch beinah heilige Arbeitsregeln, um als Team funktionieren zu können, und ab und zu brach ich nun beinah, aber eben nicht ganz, eine dieser Regeln. Wenn man zum Beispiel einen gefällten Baum ansägt und der Baum hält die Säge fest und klemmt sie ein, so daß man einen Keil braucht, um die Kerbe zu weiten und die Säge freizukriegen, und der Keil liegt auf Jims Seite des Stammes, dann darf man nicht über den Baumstamm greifen, den Keil nehmen und die Sache erledigen. Unter Männern an der Säge wird keine Zeit mit der Höflichkeitsnummer ›Bitte nach Ihnen‹ vergeudet; deine Sache ist, was auf deiner Seite liegt – so lautet die Regel. Aber ich griff ab und zu hinüber nach seinem Keil, und wenn wir fast mit den Nasen zusammenstießen, erstarrten wir und glotzten uns an. Es war wie eine Großaufnahme in einem frühen Film. Schließlich schaute ich dann irgendwo anders hin, als hätte ich nie im Leben an den Keil gedacht, und Sie können sicher sein – obwohl ich nach dem Keil griff, kam ich nie als erster an ihn ran.

Die meiste Zeit schöpfte ich eine Menge Trost aus dem Gefühl, daß manches von dem, was ich machte, bei ihm auch ankam. Zugegeben, es gab Zeiten, da stellte ich mir die Frage, ob ich mir dieses Gefühl nicht weitgehend vormachte, nur um mich zu trösten, aber selbst dann fuhr ich fort, Dinge zu tun, die nach meinem Empfinden feindselige Handlungen waren. Die anderen Holzfäller sorgten jedoch dafür, daß ich mich in meiner Wirklichkeit bestätigt fühlte. Sie alle erkannten an, daß ich in einem großen Kampf stand, und stillschweigend ermutigten sie mich, wohl in der Hoffnung, es nicht selber mit ihm aufnehmen zu müssen. Einer murmelte mir zu, als wir morgens aufbrachen: »Eines Tages geht der Hurensohn in den Wald und kommt nicht zurück.« Woraufhin ich annahm, er meinte, ich solle einen Baum auf ihn fallen lassen und vergessen zu brüllen: »Baum fällt!« Auf den Gedanken war ich übrigens schon selber gekommen.

Ein weiteres gutes objektives Zeichen war, daß er mit dem Chefkoch in einen heftigen Streit geriet, als er Pasteten zum Frühstück verlangte. Das klingt verrückt, denn jeder, der überhaupt etwas weiß, weiß, daß der Chefkoch das Holzfäller-Camp regiert. Er ist, wie die Jungs sagen, ›der Kerl mit den goldenen Eiern‹. Wenn er einen Holzfäller nicht ausstehen kann, weil der Holzfäller schlechte Tischmanieren hat und bei den Mahlzeiten redet, geht der Koch zum Vormann im Wald, und der Holzfäller geht sich seine Papiere holen. Jedenfalls, Jim brachte alle Männer hinter sich und entfachte dann seinen großen Streit, und keiner ging sich die Papiere holen, und wir kriegten jeden Morgen zum Frühstück Pasteten, zwei oder drei verschiedene Sorten, und keiner aß je auch nur eine, keiner, auch nicht Jim.

Seltsam, aber nachdem Jim seinen Pastetenkrieg mit dem Koch gewonnen hatte, wurde es für mich im Wald etwas besser. Wir redeten immer noch nicht miteinander, aber wir sägten doch wieder im Rhythmus.

Dann kam eines Sonntagnachmittags diese Frau ins Camp geritten und machte halt, um mit dem Vormann und seiner Frau zu reden. Sie war eine stämmige Frau auf einem stämmigen Pferd und hatte einen Eimer dabei. Fast jeder im Camp kannte sie oder wußte etwas über sie – sie war die Frau eines Ranchers, der eine der besten Ranches im Tal besaß. Ich hatte nur sie kennengelernt, aber meine Familie kannte ihre Familie ziemlich gut, da mein Vater gelegentlich in das Tal kam, um vor den extra zu diesem Anlaß versammelten Presbyterianern zu predigen. Ich dachte jedenfalls, ich sollte lieber zu ihr hingehen, mit ihr reden und damit vielleicht der Sache meines Vaters etwas nützen, doch das war ein Irrtum. Sie saß immer noch auf ihrem stämmigen Pferd, und ich hatte erst ein paar Minuten mit ihr geredet, als kein anderer als ausgerechnet Jim auftaucht, und ohne mich auch nur anzusehen, sagt er ihr, daß er mein Partner sei und mein ›Kumpel‹, und fragt sie nach dem Eimer. Der Vormann übernimmt auf der Stelle alle Rollen und antwortet für uns alle. Zuerst antwortet er für sie und sagt, sie sei hier draußen, um Blaubeeren zu pflücken, und dann spricht er als Vormann und erzählt ihr, wir seien Säger und kennten den Wald wie unsere eigene Westentasche, und dann spricht er für sich und antwortet für uns und versichert ihr, daß Jim sich freuen würde, ihr zu zeigen, wo die Blaubeeren stehen, und es war mit Händen zu greifen, daß er sich freute. Die Männer im Camp schlossen Wetten ab, bei denen kein Geld auf dem Spiel stand, daß Jim die Alte binnen zwei Stunden rumkriegen würde. Einer der Burschen sagte: »Er schafft die Weiber so schnell wie einen Baumstamm.« Am Spätnachmittag kam sie ins Camp zurückgeritten. Ohne anzuhalten. Sie war in Eile, und aus der Ferne sah sie weiß aus, und sie hatte keine Blaubeeren. Sie hatte nicht einmal ihren leeren Eimer dabei. Wer zum Teufel weiß, was sie ihrem Mann erzählt hat?

Zuerst tat sie mir ja irgendwie leid, weil sie im Camp so

bekannt und viel im Gerede war, aber sie saß stolz und schön auf dem hohen Roß. An jedem Sonntag kam sie wieder ins Camp. Sie kam immer mit einem Rieseneimer, und sie ritt immer ohne davon. Sie kam auch noch, als die Blaubeersaison längst vorbei war. Keine einzige Beere hing mehr am Strauch, aber sie kam immer noch mit einem großen Eimer angeritten.

Der Pastetenkrieg mit dem Koch und der leere Blaubeereimer waren genau das, was ich psychologisch brauchte, um bis zum *Labor Day*, dem ersten Septemberwochenende, durchzuhalten; dann wollte ich, was ich Jim und dem Vormann längst mitgeteilt hatte, aufhören, um mich auf die Universität vorzubereiten. Große Veränderungen waren weder bei mir noch bei Jim eingetreten. Jim hatte immer noch etwa die Größe von Jack Dempsey. Nichts war geschehen, um diese Verbindung von Kraft und Geschwindigkeit kleinzukriegen. Etwas aber war doch geschehen, denn die meiste Zeit sägten wir jetzt nur, um Baumstämme zu zersägen. Was mich betrifft, so hatte ich zum ersten (und einzigen) Mal in meinem Leben mehr als einen Monat damit verbracht, vierundzwanzig Stunden am Tage nichts anderes zu tun, als einen Kerl zu hassen. Jetzt jedoch gab es auch Augenblicke, in denen ich wieder an etwas anderes dachte – das ging so weit, daß ich mir einschärfen mußte: »Du darfst nie weich werden und womöglich vergessen, diesen Kerl zu hassen, denn er wollte dich fertigmachen.« Dabei gewann ich dann irgendwann auch genügend Zuversicht, um die Theorie zu entwickeln, daß er mir wohl keine reinhauen würde. Ich kam wahrscheinlich nur dahinter, daß er dieses Camp so kommandierte, als wäre er hier der beste Kämpfer, ohne je in eine Schlägerei zu geraten. Er hatte uns Saisonarbeiter damit eingeschüchtert, daß er uns schlecht aussehen ließ, wenn es um Arbeit und Frauen ging, und so meinten wir eben auch, daß wir von ihm auch Prügel einstecken würden. Mir war dabei, glücklicherweise wohl, immer klar, daß es sich nur um eine Theorie handelte, und so verhielt ich mich weiterhin so, als wäre er der beste Kämpfer im Camp, was er vermutlich auch war, aber es wurmt mich immer noch, daß er es womöglich doch nicht war.

Wenn wir abends aufhörten zu arbeiten, gingen wir immer noch allein ins Camp. Er ging immer noch als erster, streifte sich sein dickes Wollhemd übers Unterhemd und klemmte sich den leeren Henkelmann unter den Arm. Wie alle Säger zogen wir morgens als erstes die Hemden aus und arbeiteten den ganzen Tag im Unterhemd, und im Sommer trugen wir immer noch wollene Unterwäsche, denn wir sagten, Baumwolle klebt auf der Haut, wenn man schwitzt, und Wolle saugt den Schweiß auf. Nachdem Jim ins Camp abgehauen war, setzte ich mich auf einen Baumstamm und wartete, bis der Schweiß getrocknet war. Ich brauchte immer noch eine ganze Weile, bis ich mich stabil genug fühlte, um mir mein dickes Wollhemd zu schnappen, meinen Henkelmann zu nehmen und ins Camp zu gehen, aber jetzt wußte ich, ich konnte bis zu dem Zeitpunkt durchhalten, an dem ich, wie angekündigt, aufhören wollte, und das kann manchmal ein wunderbares Gefühl sein.

Eines Tages gegen Ende August sprach er unvermittelt aus dem Schweigen und sagte: »Wann hörst du auf?« Es klang, als hätte jemand das Schweigen gebrochen, bevor es durch das Buch Genesis gebrochen wurde.

Ich reagierte, denn glücklicherweise hatte ich eine vorgefertigte Antwort parat; ich antwortete: »Wie ich dir gesagt habe, am Labor-Day-Wochenende.«

Er sagte: »Vielleicht treff ich dich in der Stadt, bevor du in den Osten fährst. Ich höre in diesem Jahr auch früh auf.« Dann fügte er hinzu: »Das habe ich einer Frau im letzten Frühjahr versprochen.« Ich hatte wie alle anderen Kerle schon bemerkt, daß die Frau des Ranchers am letzten Sonntag nicht im Camp aufgetaucht war, was auch immer das heißen mochte.

In der Woche vor meiner Rückkehr zur Universität traf ich ihn zufällig auf der Hauptstraße der Stadt. Er sah großartig aus – ein bißchen mager, aber auch nur ein bißchen. Er nahm mich mit in eine illegale Kneipe und spendierte mir ein Glas Canadian Club. Da Montana ein Staat an der Nordgrenze ist, gab es in meiner Stadt kanadischen Whisky in rauhen Mengen, wenn man sich auskannte und den Preis zahlen konnte. Ich gab die zweite Runde aus, und er darauf noch eine, sagte aber, er habe genug, als ich wiederum eine Runde ausgeben wollte. Dann fügte er hinzu: »Weißt du, ich muß auf dich aufpassen.« Sogar nach drei Whiskys am Nachmittag war ich ein bißchen verdutzt, und das bin ich immer noch.

Als wir draußen standen, uns verabschiedeten und in die Sonne blinzelten, sagte er: »Ich hab auch schon ein Haus für diese Dame, die ich habe, aber wir sind noch nicht ins Geschäft eingestiegen.« Dann sagte er äußerst förmlich: »Wir würden es sehr begrüßen, wenn du uns einen kurzen Besuch abstatten würdest, bevor du die Stadt verläßt.« Dann gab er mir die Adresse, und als ich meinte, es müsse aber bald sein, verabredeten wir uns für den nächsten Abend.

Die Adresse, die er mir gegeben hatte, war auf der Nordseite, gleich hinter den Gleisen, wo die meisten Eisenbahner wohnten. Als ich noch klein war, gab es in unserer Stadt einen sogenannten Rotlicht-Distrikt in der Front Street, gleich neben der städtischen Müllkippe, die immer mit dem entsprechenden Gestank brannte, aber die Polizei hatte dem Treiben mehr oder weniger ein Ende gesetzt und die Mädchen in alle Winde verscheucht; eine beträchtliche Anzahl der Mädchen mischte sich aber unter die Eisenbahner. Als ich endlich die richtige Adresse gefunden hatte, erkannte ich das Nachbarhaus wieder. Es gehörte einem Bremser, der ein Flittchen geheiratet hatte und sich für einen ziemlich harten Burschen hielt, obwohl er nicht sehr viele Kämpfe gewonnen hat. Berühmter in der Stadt machte ihn die folgende Geschichte. Er kam eines Nachts unerwartet nach Hause zurück und erwischte einen Kerl, der das Haus gerade verließ. Er holte drei Dollar aus der Tasche und sagte zu dem Kerl: »Hier, und besorg dir dafür 'ne gute Nummer.«

Jims Haus sah offen und ehrlich aus – hell erleuchtet,

keine zugezogenen Gardinen und die Tür leicht offen. Jim erschien auf mein Klopfen, und er war so breit und groß, daß er die Aussicht weitgehend verstellte, aber ich konnte doch direkt hinter ihm einen Streifen seiner Dame sehen. Ich erinnerte mich, daß sie ja aus den Südstaaten stammen sollte, und auf ihrer einen sichtbaren Schulter waren Locken zu sehen. Jim redete die ganze Zeit, ohne uns bekannt zu machen. Plötzlich rauschte sie an ihm vorbei, nahm meine Hand und sagte: »Gott schütze dein liebes Patengeschenk, komm rein und postier deinen lieben Po auf dem Piano.«

Plötzlich, glaube ich, verstand ich, was Jim gemeint hatte, als er mir zu Beginn des Sommers erzählte, daß er seine Huren am liebsten aus den Südstaaten bezog, weil sie ›poetisch‹ waren. Ich sah mich nur einmal schnell um in dem ›Salon‹, und da stand ganz bestimmt kein Piano, also war das pure Poesie.

Später hörte ich ihren Namen, sie hieß Annabelle, und das paßte. Nach ihrem überschwenglichen Ausbruch zog sie sich schweigend zurück und setzte sich, wobei sich zeigte, als sie an einer Stehlampe vorbeikam, daß sie unter ihrem Kleid nichts weiter anhatte.

Als ich mich in dem Salon umschaute und kein Piano sah, erblickte ich jedoch noch eine andere Frau und den Wahlspruch Schottlands. Die andere Frau sah älter aus, aber nicht so alt, wie sie sein sollte, denn als sie endlich vorgestellt wurde, wurde sie mir als Annabelles Mutter vorgestellt. Natürlich fragte ich mich, welche Rolle sie in Jims Unternehmen spielte, und ein paar Tage später lief ich in der Stadt einigen Holzfällern über den Weg, die sie kannten und sagten, sie sei immer noch eine ziemlich gute Hure, wenn auch ein bißchen traurig und schlabbrig. Später am selben Abend versuchte ich, mit ihr eine Unterhaltung zu führen; ich glaube, in ihr war nicht mehr viel übriggeblieben, aber es war klar, daß sie auf Jim große Stücke hielt.

Ich mußte noch einmal hinsehen, um es zu glauben, aber es war da an der Wand direkt über dem Sessel, in den Jim sich gerade setzen wollte – der Wahlspruch Schottlands, und dazu in Latein – *Nemo me impune lacesset.* Es war anzunehmen, daß nur Jim wußte, was das hieß. Die Huren konnten es nicht wissen, und ganz bestimmt wußten es auch die Freier nicht, die skandinavische und franko-kanadische Holzfäller waren. Also saß er auf seinem ledernen Thron, Besitzer und Chef-Rausschmeißer seines eigenen Etablissements, und glaubte, er wisse als einziger, daß über seinem Kopf geschrieben stand: ›Niemand greift mich ungestraft an.‹

Aber es gab eine Ausnahme. Ich wußte, was es hieß, da ich nämlich unter der gleichen Tafel aufgewachsen war, sogar unter einer, die viel strenger aussah, weil der Satz von schottischen Disteln umkränzt war. Mein Vater hatte sie im Eingangsflur aufgehängt, wo sie allzeit als erstes zu sehen war für jeden, der das Pfarrhaus betrat – und frühmorgens auf dem Weg in die Küche für meine Mutter, die die unausgesprochene Charakterschwäche geerbt hatte, zum Teil englischer Abstammung zu sein.

Jim redete die meiste Zeit allein, und wir anderen drei hörten zu, und manchmal schaute ich auch nur zu. Er war ein verdammt gutaussehender Bursche, und jetzt war er piekfein gekleidet, konservativ, in einem dunkelgrauen Anzug mit Fischgrätmuster, und er trug eine blaue oder schwarze Krawatte. Aber egal, was er für Klamotten anhatte, für mich sah er aus wie ein Holzfäller. Warum auch nicht? Er war der beste Holzfäller, mit dem ich je gearbeitet habe, und das kann ich nur sagen, weil ich gerade noch mit dem Leben davongekommen bin.

Jim redete zumeist übers Sägen und übers Studium. Wir hatten im Sommer fast über gar nichts geredet, am wenigsten übers Studium. Jetzt stellte er mir eine Menge Fragen über die Universität, aber es war nicht einfach so, daß sie aus Neid oder Bedauern gestellt wurden. Er sah mich nicht, wie sich selbst, als schottischen Jungen, der zwar nicht so gut mit Axt und Säge war, dafür aber mehr Glück hatte. Er sah sich, jedenfalls als er da an jenem Abend saß, als erfolgreichen jungen Geschäftsmann, und er hat bestimmt nicht geglaubt, daß ich jemals das tun würde, was er tun wollte. Was ihm sein Sozialismus bedeutete, sollte ich nie herausfinden. Für mich erwies er sich ganz und gar als ein Mann des Laissez-faire. Er gehörte zu jenen Menschen, bei denen sich zeigt, daß sie gar nicht die Eigenschaft besitzen, die man zunächst für ihr hervorstechendes Merkmal hält, wenn man sie kennenlernt. Vielleicht meint man auch nur, daß sie diese Eigenschaft besitzen, weil das, was man zuerst sieht oder hört, überspitzt ausgedrückt war, oder vielleicht haben sie diese Eigenschaft in einer Form, doch unsere eigene Persönlichkeit drängt sie zurück. Jedenfalls haben wir nie über Politik geredet (wobei wir, zugegebenermaßen, die meiste Zeit überhaupt nicht miteinander geredet haben). Ich habe gehört, wie er mit den anderen Holzfällern über den Sozialismus geredet hat – angebrüllt hat er sie, um genau zu sein, als wären sie zu blöd zum

Sägen. Als einer, der in den zwanziger Jahren die beiden Dakotas durch die Hintertür verlassen hatte, mußte er ja ein entrechteter Sozialist irgendeiner Art sein, aber während wir über das Universitätsstudium redeten, ging es hauptsächlich um die Frage, ob er, falls er sich, ganz hypothetisch, zu einem solchen Studium entschließen sollte, eben dieses Studium zu Sägemehl verarbeiten könne – gewiß eine fundamentale kapitalistische Frage. Seine Erziehungserfahrungen in den beiden Dakotas waren von anhaltender Wirkung. Er hatte es in der Schule bis zur siebten Klasse geschafft, und seine Lehrer in den Dakotas waren groß und hart gewesen und hatten ihn in die Pfanne gehauen. Was ihn jetzt beschäftigte, war die Frage, ob zwischen der siebten Klasse und dem Endstadium des Studiums die Lehrer Schritt hielten mit ihren Schülern und Studenten und ihn immer noch in die Pfanne hauen konnten. Ich habe ihn ganz schön aufgemuntert, als ich ihm sagte: »Nein, der letzte Winter war nicht so hart wie dieser Sommer.« Er brachte uns allen noch eine Runde Canadian Club, und während ich das Glas austrank, kam ich darauf, daß er in diesem Sommer vielleicht eines getan hatte – er hatte mir seine Version von einem Universitätsstudium geliefert. Wenn ja, so lag er nicht ganz falsch.

Unsere Reden drehten sich jedoch fast ausschließlich ums Holzfällen, denn Holzfäller reden nun eben mal vom Holzfällen. Sie bringen es überall unter. Zum Beispiel feierten die Holzfäller den 4. Juli – der einzige heilige Feiertag in jener Zeit außer Weihnachten – mit Wettbewerben im Baumstammrollen, Sägen und Axtschwingen. Ihre Arbeit war ihre Welt, zu der ihre Spiele und ihre Frauen gehörten, und die

Frauen mußten mindestens wie Holzfäller reden, besonders wenn sie fluchten. Annabelle warf gelegentlich einen Satz ein wie diesen: »Jemand sollte mal einen Schwimmbaum auf den Bastard schmeißen.« Aber als ich spaßeshalber nachhakte, um zu hören, ob sie wußte, was ein Schwimmbaum ist, schaltete sie wieder um zur puren Poesie des Südens. Eine Hure muß fluchen wie ihre Männer vom Bau, und darüber hinaus muß sie hübsche Reden führen können.

Mich interessierte auch, wie Jim sich und mich seinen Frauen darstellte – immer als freundliche Arbeitspartner, die sich über ein fachliches Sägeproblem unterhielten. In seinen Schilderungen führten wir solche fachlichen Dialoge wie diesen: »›Wieviel packst du da?‹ fragte ich; ›Ich packe anderthalb Zoll‹ sagte er; und ich sagte darauf: ›Gott, ich packe zweieinhalb Zoll.‹« Ich kann Ihnen sagen, daß wir, abgesehen von den ersten paar Tagen des Sommers, keine solchen freundlichen Reden führten, und jeder Säger kann Ihnen bestätigen, daß die fachlichen Brocken, die er uns übers Sägen in den Mund legte, für Huren vielleicht beeindruckend klingen, für Säger aber keinerlei Sinn ergeben und von Jim erfunden werden mußten. Er war ein großartiger Säger und hatte es nicht nötig, sich irgendwas auszudenken, aber es schien, als ob er jedesmal, wenn er uns zu Freunden machte, noch ein paar Lügen übers Sägen als Zugabe für uns erfinden mußte.

Ich wollte, bevor ich ging, noch ein bißchen mit den Damen reden, aber als ich mich Annabelle zuwandte, gab sie mir fast den Rest, bevor ich zum Zuge kam, indem sie nämlich sagte: »Also sind wir beide Partner von Jim?« Da sie merkte, daß sie damit einen tollen Anfang gemacht hatte, war sie innerhalb einer Minute bei dem Versuch angelangt, mich davon zu überzeugen, daß sie Schottin sei, aber ich sagte ihr nur: »Das kannst du bei einem Schweden versuchen.«

Ihr Stil war es, immer so zu sein, wie man sie sich wünschte, nur daß man wußte, daß sie nicht so war. Ich brauchte nicht lange zuzuhören, bis ich ziemlich sicher war, daß sie nicht aus den Südstaaten stammte. Die andere ebensowenig. Sie spickten ihre Reden zwar mit ein paar typischen Südstaatenwendungen, und sie hatten Locken, aber das war auch schon alles. Und alles das taten sie wahrscheinlich für Jim aus den Dakotas. Ab und zu wurde Annabelle immer wieder leicht hysterisch, verfiel zumindest in einen jähen Überschwang, und gab dann eine Zeile von so etwas wie ›Poesie‹ zum besten – einen alliterierenden Trinkspruch, einen geraunten Runenstabreim oder eine fremdsprachliche Wendung. Dann verfiel sie wieder in ihr stummes Spiel, sich eine Rolle – nicht gerade als Schottin – auszudenken, mit der sie mich überzeugen könnte und die mir gefallen würde, ohne daß ich darüber so richtig Bescheid wußte.

Früher am Abend war mir aufgegangen, daß die beiden Frauen weder Mutter und Tochter, noch sonst irgendwie miteinander verwandt waren. Wahrscheinlich bezogen alle drei ein seltsames Vergnügen aus der Vorstellung, eine Familie zu sein. Beide Frauen waren natürlich gleich gekleidet, hatten Locken und spielten die Südstaaten-Nummer, aber im Grunde hatten sie überhaupt keine Ähnlichkeit, weder im Körperbau noch in den Knochen, nur daß sie beide füllige Frauen waren.

So bildeten alle drei einen innigen Familienkreis aus Lügen.

Der Holzfäller im Fischgrätmuster und seine beiden fülligen Frauen verstellten die Tür, als wir uns voneinander verabschiedeten. »Bis dann«, sagte ich von draußen. »Au revoir«, sagte Annabelle. »Bis dann«, sagte Jim, und dann fügte er hinzu: »Ich werde dir schreiben.«

Und das hat er auch getan, aber erst spät im Herbst. Zu der Zeit kannten wahrscheinlich alle schwedischen und finnischen Holzfäller seinen Laden auf der Nordseite, und er hatte sich einen Leserausweis der Öffentlichen Bibliothek Missoula besorgt und las erneut Jack London, wobei er die Hundegeschichten ausließ. Da meine Adresse auf dem Briefumschlag korrekt war, mußte er sich bei mir zu Hause danach erkundigt haben. Der Umschlag war groß und quadratisch; das Blatt Papier war klein, liniert und an der oberen Kante gummiert, also stammte es von einem Schreibblock. Seine Handschrift war groß, wurde aber am Ende eines jeden Wortes kleiner.

Ich erhielt noch drei weitere Briefe von ihm, bevor das Schuljahr zu Ende war. Seine Briefe waren nur ein oder zwei Sätze lang. Die ein- oder zweisätzige literarische Form, wenn sich ein Meister ihrer bedient, ist nicht dazu bestimmt, irgendwelche Kleinigkeiten zu verbreiten, sondern dazu, die Welt in eine Nußschale zu packen. Jim war meine erste Bekanntschaft mit einem Meister dieser Form.

Seine Briefe fingen immer an mit: »Lieber Partner« und hörten immer auf mit: »Dein Kumpel Jim.«

Sie können Gift drauf nehmen, daß ich jede Andeutung eines Vorschlags ignorierte, im kommenden Sommer mit ihm zusammenzuarbeiten, und offen hat er es nie vorgeschlagen.

Ich war zu dem Schluß gekommen, daß ich nur ein Stück meines Lebens dem Akkordschuften zu geben hatte, und daß ich in der Hinsicht bereits großzügig gegeben hatte. Ich ging wieder in den Forstdienst der Vereinigten Staaten und bekämpfte Waldbrände, was für Jim dasselbe war, wie sich zum Sozialfall zu erklären und eine Liegekur zu machen.

Also hörte ich in dem Sommer natürlich nichts von ihm – zweifellos hatte er irgendeinen anderen Säger am anderen Ende der Säge, aus dem er Sägemehl machte. Aber kaum war es Herbst, lag da auch schon ein großer, quadratischer Briefumschlag mit der großen Handschrift, die am Ende eines jeden Wortes kleiner wurde. Da es erst Anfang Herbst war, konnte er es sich noch nicht in seinem Geschäft eingerichtet haben. Wahrscheinlich war er einfach aus dem Wald abgehauen und war in der Stadt und sondierte noch das Terrain. Es konnte sogar sein, daß er sich noch nicht einmal einen Leserausweis für die Bibliothek besorgt hatte.

Jedenfalls war dies sein Brief:

Lieber Partner,
will Dir nur sagen, daß ich ein Weib
gebumst habe, das 300 Pfund wiegt.
Dein Kumpel
Jim.

Es ist eine gute Menge von Jahren vergangen, seit ich diesen Brief erhielt, und seitdem habe ich nie wieder etwas von Jim oder über Jim gehört. Von dreihundert Pfund ist der Hurensohn zuletzt vielleicht doch noch bezwungen worden.

Auch wenn es nur ein kleines Buch ist, brauchte es doch jede Menge Hilfe, um überhaupt ein Buch zu werden. Wenn man sich erst im biblisch zugebilligten Alter von dreimal zwanzig Jahren und zehn daran begibt, Autor zu werden, braucht man als Autor mehr als die eigene Kraft.

Und als ein weiteres literarisches Handicap erwies sich der Umstand, daß diese Geschichten im Westen der Vereinigten Staaten spielen – wie ein Verleger sich ausdrückte, als er sie zurückschickte: »In diesen Geschichten kommen ja Bäume vor.«

Es waren meine Kinder, Jean und John, die mir den Anstoß dazu gaben. Sie wollten, daß ich einige der Geschichten, die ich ihnen erzählt hatte, als sie noch klein waren, zu Papier bringe. Ich will jedoch nicht meinen Kindern die Schuld für das geben, was daraus entstanden ist. Wie jedem Erzähler bekannt, der schließlich versucht, einige seiner Geschichten aufzuschreiben, verändert der Prozeß des Schreibens sie gewaltig, und so ähnelt keine dieser Geschichten genau irgendeiner Geschichte, die ich je meinen Kindern erzählt habe. Zum einen macht das Schreiben alles größer und länger; diese Geschichten sind alle länger als nötig, um eins der wesentlichen Ziele zu erreichen, wenn man Kindern Geschichten erzählt – nämlich die Kinder zum Einschlafen zu bringen. Andrerseits zeugen diese Geschichten jedoch davon, daß sie ein anderes dieser Ziele bewahren – die Kinder nämlich wissen zu lassen, was für Menschen ihre Eltern sind, oder wofür sie sich halten oder was sie zu sein hoffen.

Nachdem man genügend Hilfe bekommt, um im Ruhestand mit dem Schreiben anzufangen, stellt sich bald ein anderes Problem. Es ergibt sich aus dem Tatbestand, daß man nur zu schreiben beginnen kann, wenn man keinem verrät, was man tut. Der Autor macht so ein Geheimnis daraus, daß nicht einmal seine eigenen Kinder wissen, daß er ihren Ratschlag angenommen hat. Aber dieses verdeckte Arbeiten macht ihm sein eigenes Tun verdächtig, und so bedarf er schon bald irgendeiner Form von öffentlicher Billigung. An eben diesem Punkt begann die zweite Runde meiner Dankesschuld.

Ich hatte gerade meine erste Geschichte beendet und fragte mich, wie sie wohl sei und ob mir die Weiterarbeit gestattet sein sollte, als die Sekretärin eines Gelehrten-Clubs, dem ich angehöre, anrief, um mir zu sagen, daß ich beim nächsten monatlichen Treffen an der Reihe sei, den Vortrag zu halten. Der Club heißt die Stochastiker (die Denker), und ursprünglich waren alle Mitglieder Biologen, die allerdings, Schritt haltend mit den kulturellen Veränderungen der letzten Zeit, eine gewisse Anzahl von Altphilologen und Sozialwissenschaftlern aufgenommen haben. Im Ganzen hat sich das Experiment als erfolgreich erwiesen, da unter diesen verschiedenen sozialen Klassen kein Unterschied zu beobachten ist in der Menge dessen, was sie vor und während des Dinners und der dann folgenden wissenschaftlichen und gelehrten Vorträge trinken.

Plötzlich sah ich meine Chance, um der kreativen Klaustrophobie zu entkommen. Ich sagte zu der Sekretärin: »Ich habe soeben einen Text beendet, den ich gerne vorlesen würde.« Die erste Geschichte, die ich geschrieben habe, war jene kurze, die auf einigen Sommern beruht, die ich in Holzfällercamps zugebracht habe. Die Sekretärin erwiderte: »Das ist schön. Haben Sie auch schon einen Titel dafür? Sie wissen doch, daß ich auf der Postkarte mit der Ankündigung des Treffens den Titel und den Verfasser angeben muß.«

Im Schaffensprozeß dieser Geschichte habe ich nun wenigstens einen Augenblick der Inspiration gehabt, denn ich antwortete blitzschnell: »An die Stelle, wo auf der Postkarte der Titel hingehört, schreiben Sie: ›Holzfäller und Zuhälter‹, und an die Stelle, wo der Redner genannt wird, schreiben Sie: ›Norman Maclean, ausgewiesene Autorität.‹«

Endlich hörte ich Atmen übers Telephon, und um beim Prozeß der Wiederbelebung zu helfen, fügte ich also hinzu: »Es ist eine wissenschaftliche Abhandlung – wie die Gelehrten sagen, ein originärer Beitrag zur Erkenntnis.«

Hinterher berichtete mir die Sekretärin, daß der Andrang bei diesem Treffen der größte in den Annalen der Gesellschaft gewesen war. Ich wurde jedoch in einigem Zweifel darüber gelassen, ob diese Aufnahme durch die Gelehrten der Geschichte oder deren Titel galt.

Trotzdem wurde ich zu einer Wiederholungsvorstellung im folgenden Herbst eingeladen, als die Stochastiker ihr, wie sie es nennen, »heterosexuelles Treffen« hatten, zu dem die Ehefrauen eingeladen sind. Zu der Zeit hatte ich die Geschichte »USFS 1919« beendet. Ganz im Geiste des Ereignisses las ich ihnen den Abschnitt vor, in dem eine Frau vorkommt, obwohl sie zufällig eine Hure ist. Sie und ich wurden von den Frauen des Lehrkörpers so gut aufgenommen, daß ich keine weitere moralische Unterstützung mehr brauchte, bis ich fast mit dem Buch fertig war.

Im Ruhestand kommt die Erkenntnis spät, daß die Veröffentlichung eines Buches – der ganze Weg der Veröffentlichung – ein bedeutender Schritt im Schaffensprozeß ist. Diese Erkenntnis mag, wenn man am Ende des Lebens keine Freunde mehr hat, zu spät kommen. Um eine sehr lange Geschichte kurz zu machen, werde ich sie zurückverfolgen zu den Stochastikern, nur in diesem Falle zu einzelnen Mitgliedern, die genügend Bücher geschrieben hatten, als sie jung waren, und so erkennen konnten, daß man mich in diesem Augenblick meines Lebens nicht hilflos und allein herumlaufen lassen durfte. Besonders danken möchte ich David Bevington, Wayne Booth, John Cawelti, Dr. Jarl Dyrud, Gwin Kolb, Kenneth Northcott und Edward Rosenheim. Ich bin mir sicher, daß ich ohne sie jetzt nur irgendwelche handgeschriebenen Kindergeschichten hätte, die zu lang wären, um sie Kindern zu erzählen.

Die University of Chicago Press ist stolz auf ihre Verlagstradition, die ihren Autoren nie erlaubt, den Angestellten namentlich zu danken. Ich respektiere diese Tradition, aber einige Mitarbeiter des Verlages müssen sich schon ausreichend für diese Geschichten interessiert haben, um durchzusetzen, daß zum ersten Mal in der langen Verlagsgeschichte ein belletristisches Originalwerk veröffentlicht wurde. Ich müßte gefühlstaub sein, wenn ich eine solche Ehre nicht zu schätzen wüßte. Vielleicht kann ich andere Wege finden, sie wissen zu lassen, wenn ich eine alte Wendung des amerikanischen Westens benutzen darf, daß ich ihnen ewig dankbar sein werde.

Bei mir häufte sich noch eine weitere Dankesschuld an, kurz nachdem der Universitätsverlag und seine Leitung übereinkamen, ihr erstes belletristisches Buch zu veröffentlichen. Natürlich ist es primär Belletristik, aber die meisten Kindergeschichten haben eine ziemlich deutliche sekundäre Intention der Belehrung, und diese Geschichten machen da keine Ausnahme. Kinder möchten, viel mehr als Erwachsene, gerne wissen, wie alles war, bevor sie geboren wurden, besonders in Teilen der Welt, die jetzt seltsam fremd scheinen oder sogar verschwunden sind, aber einst bewohnt wurden von ihren Eltern, und so machte ich es mir schon vor langer Zeit zur Angewohnheit, Bilder einzufügen, die zeigen, wie Männer und Pferde alles machten in den westlichen Teilen der Welt, wo die Hauptdurchgangsstraßen oftmals Wildpfade waren. Überdies war es mir immer wichtig, meine Kinder in einen richtigen Wald zu führen, nicht den Wald Rotkäppchens – für mich ist es ein immerwährendes Wunder, wie seltsam die Wirklichkeit gewesen ist. So kam die altbekannte kritische Wende in meinem Schaffensprozeß, als ich daran denken mußte, was Sokrates gesagt hat – wenn man das Bild eines Tisches malt, muß man einen Fachmann, also den Tischler herbeirufen, um zu erfahren, ob man es gut gemacht hat. Die folgenden Fachleute habe ich konsultiert, um herauszufinden, wie gut ich das Land gemalt habe, das ich liebe, und das Fliegenfischen und die Holzfäller-Camps und den Forstdienst, bei dem ich gearbeitet habe, als ich jung war.

Für ihre einfühlsame und fachmännische Lektüre stehe ich in der Schuld von Jean und John Baucus, den Besitzern der Sieben-Schafsranch, die sich vom Helena-Tal bis Wolf Creek bis zum Big Blackfoot River erstreckt, ein Dreieck der Erde, auf dem sich viel von meinem Leben und mehrere meiner Geschichten abspielen. Für die fachmännische Meinung zu meiner Geschichte über die Bitterroot-Berge und meine frühen Jahre im Forstdienst, wandte ich mich an W.R. (Bud) Moore, Chef der Feuerbekämpfung und Luftoperationen im Forstdienst der Vereinigten Staaten. Als Waldmensch ist er eine Legende in unserem Bergland und aus dem Stoff, aus dem Ehrendoktorgrade sind, obwohl er nie über die Volksschule hinausgekommen ist. Als er noch nicht einmal fünfzehn war, verbrachte er schon die Winter damit, quer über die Bitterroot-Wasserscheide, wo ich meine Arbeit für den Forstdienst begann, seine Fallen zu stellen. Nun, da er sich vom Dienst zur Ruhe gesetzt hat, verbringt er im Winter zwei Tage der Woche, die überfüllt ist mit Schreiben, Lehre und Forschung, damit, daß er seine Fallen vom Rock Creek über die Sapphire-Berge bis zum Bitteroot-Tal stellt. Ich rate keinem meiner jungen Leser, den Versuch zu unternehmen, ihm auf Schneeschuhen über diesen trostlosen Landstrich zu folgen.

Ich bin auch drei Expertinnen des Forstdienstes zu Dank verpflichtet für ihre tatkräftige Hilfe, während ich diese Geschichten schrieb – Beverley Ayers, Photo-Archivarin, und Sara Heath und Joyce Hayley, Kartographie-Technikerinnen. Sie sind absolut erstklassig und besitzen die zusätzliche

Gabe, immer zu wissen, was ich suche, selbst wenn ich es nicht weiß.

Ich habe die Geschichte über meinen Bruder und das Fliegenfischen* an George Croonenberghs weitergegeben, der vor vierzig Jahren für meinen Bruder und mich Fliegen gebunden hat, und an David Roberts, der ein langes Leben mit Fischen und Jagen verbrachte und damit, drei- oder viermal die Woche darüber zu schreiben. Sie sind die beiden größten Fliegenfischer, die ich kenne.

Sie erinnern mich an eine Verpflichtung aus einer anderen Zeit und einer anderen Ebene. Sie und ich sind meinem Vater zu Dank verpflichtet für unsere Liebe zum Fliegenfischen – George Croonenberghs erhielt seine ersten Lektionen im Fliegenbinden von ihm, und David Roberts schreibt noch gelegentlich eine Kolumne über ihn. Was mich betrifft, so können alle meine Geschichten als teilweise Anerkennung meiner Verpflichtung ihm gegenüber gedacht werden.

Vielleicht stellt sich Ihnen die Frage, warum ich den großen Fachmann über die Cheyenne-Indianer, Pater Peter Powell, dazu brauchte, meine Geschichten zu lesen, da nur eine Cheyenne-Indianerin in ihnen auftaucht, und sie ist keine Vollblut-Indianerin. Ich brauchte diesen großen und guten Mann in seiner ursprünglichsten Berufung – um mir zu versichern, daß es noch Augenblicke in meiner Erinnerung gibt, die vom Leben in der Gnade berührt sind.

Schließlich habe ich praktisch nichts veröffentlicht, das

* Norman Maclean, *Aus der Mitte entspringt ein Fluß*, Wolfgang Krüger Verlag 1991, auch lieferbar als Fischer Taschenbuch Nr. 11848.

nicht profitiert hat von den kritischen Worten (die sie »Vorschläge« nennt) von Marie Borroff, der ersten ordentlichen Professorin für Englisch in Yale. Wenn Sie meinen, ich vergeude die Zeit einer Dame mit der Bitte, Geschichten über Holzfäller-Camps und den Forstdienst zu lesen, wie sie vor einem halben Jahrhundert waren, dann werde ich Ihnen wahrscheinlich sagen müssen, was sie mir für Sachen erzählt. Bevor ich Ihnen ein Beispiel nenne, sollte ich jedoch vielleicht hinzufügen, daß sie auch eine Dichterin ist. Von meiner ersten Geschichte (der übers Holzfällen) sagte sie (unter anderem), ich konzentrierte mich derart auf das Erzählen einer Geschichte, daß ich mir keine Zeit nähme, Dichter zu sein und ein wenig von der Liebe auszudrücken, die ich für die Erde empfinde, so wie sie dahingeht. Vergleichen Sie nun die beiden langen Geschichten, die ich geschrieben habe, nachdem sie mir dies gesagt hatte, mit meiner ersten Geschichte, die kurz ist, und dann könnten Sie eine Ahnung davon bekommen, wie sorgfältig ich jener Lady aus Yale zuhöre.

Dies ist nun also, faßt man es zusammen, eine Sammlung von Geschichten aus dem Westen, in denen Bäume vorkommen, für Kinder, Fachleute, Gelehrte, Ehefrauen von Gelehrten und Gelehrte, die Dichter sind. Ich hoffe, es gibt auch noch andere Menschen, die sich nicht an Bäumen stören.